操控人心的禁忌文章術

マンガでよくわかる人を操る禁断の文章術

讀心師
DaiGo
漫畫
岡本圭一郎

小川惠

每月瀏覽人次破百萬的明星部落客，指導花如何經營部落格。

藤井花

新創企業行銷，以經營部落格為副業。不擅長寫文章，無論工作還是在個人感情尋找結婚對象上都不太順利。

悟

與花從小就認識，是一起長大的朋友，也是活躍的職業摔角手，偷偷學習寫作技巧中。

前言

二〇一五年，《操控人心的禁忌文章術》上市後，受到商務人士、學生、網紅等各個領域的廣大支持，本書即為作品的漫畫改編版。

這麼問或許有點冒昧，但你曾想過什麼是**文章的力量**嗎？

為了得到這個答案，請先容我問**一個問題**：

「你心目中，全世界最美的女性長什麼樣子？」

如何？

看到這一行文字時，你的腦海中浮現了什麼樣的臉龐呢？

這個問題沒有其他意圖，請試著坦率回答看看。
是眉目清麗的和風美女？還是有對水汪汪大眼的雙眼皮女子？又或者，是張擁有迷人豐唇的性感臉龐？
很難具體想像的人，也可以想想藝人明星的樣子。
接下來，差不多該揭曉謎底了。
「你心目中，全世界最美的女性長什麼樣子？」
只要看到這一行文字，哪怕想像的畫面不同，但無論是誰，無論身在何處，腦海中都會浮現「自己心目中的絕對美女」。
其實，**這正是文章的力量。**
我們會因為看到某個詞語而展開想像。在這個例子中，是對「最美的女性」一詞產生反應，描繪出全世界最美的某張臉。
在那瞬間，對你而言，腦海中想像的那個人無疑就是全世界最美的女性。
不過，如果我們是看著藝人照片討論這個話題的話，就不會有這種效果了。

即便有一位朋友說：「她很可愛吧？」另一個朋友或許會說：「這談不上全世界最美的女性吧？我覺得鼻梁應該要再更……」

這是因為，眼前一旦出現實體的美女候選人，我們就會感受到對方和自己心目中描繪理想的差異，無法得到全世界最美的女性的結論。

相反的，**大腦受到言語觸發所浮現的那名美女**是絕對的存在，不會受到任何人批評。想要創造出每個人都認同的美女，只能運用文字引發人們的想像。也就是說，只有文章能夠打造出全世界最美的女性。

隱藏在文章中的「打動人心的力量」

人們雖然常說「心動、心動」，但讀到好文章時，我們的內心到底發生了「什麼事」呢？讀到好文章時，我們會對散布在文章中的詞語產生反應，腦海中的畫面不斷膨脹，開始對詞語中所指的對象展開想像。

這個**想像，有時候便會成為採取行動的原動力**。

這就是隱藏在文章中的，「打動人心的力量」的真相。

不僅如此，描繪理想中的美女不需要堆砌詞藻。

「請試著想像一下，此刻，你的眼前有位令人炫目的美女」，只要這樣寫就夠了。受文章力量掌控的我們，內心將不自覺悸動，在腦海中浮現出一名炫目的美女。

能夠做到這點的既非影像也非照片，**而是文章**。

此外，除了「全世界最美的女性」外，無論是銷售、簡報，亦或是向喜歡的人告白、請上司或下屬做事，都能使用這股力量。

現在，大家是否明白「你心目中，全世界最美的女性長什麼樣子？」這個問題背後的意圖了呢？

閱讀↓對文字產生反應↓想像

請大家運用本書牢記這項機制。不只是寫文章，而是寫出打動讀者內心，促使讀者啟動想像力的文章。

二〇二四年三月　讀心師 DaiGo

目次

マンガでよくわかる人を操る
禁断の文章術

第2章…用「三不寫」原則操控人心

第3章 驅動人心的七個觸發器，讓你不再煩惱要寫什麼

第4章

接下來，只要遵循五個技巧來寫就好

第1章

文章的力量∞（無限大）

●●●●○ 16:55 72%
鈴木先生
4/12
藤井小姐
心目中的婚姻生活，
是什麼樣子呢？
已讀
16:45
婚後會想
住在哪裡呢？
已讀
16:48
理想中的
婚後居家生活
是什麼樣子呢？
已讀
16:50
妳不用想得太嚴肅，
我也是真心在
尋找結婚對象。
已讀
16:51
方便的話，
請讓我聽聽
妳的意見。
輸入訊息
叮咚
叮咚
叮咚
藤井花
（28）

你看～我在APP上認識的對象～
已經對我超級認真了～
嗯……
不錯啊……
兒時玩伴
悟（28）
對了，妳新創公司的工作和部落格副業還順利嗎？
兩邊都馬馬虎虎！
你呢？職業摔角怎麼樣了？

我現在已經不是新人了，光靠比賽勝出無法增加粉絲。
下週也一~定要來看我喔！
所以，我現在想提升麥克風喊話技巧！
這樣啊，那我們一起加油吧。
那麼，我差不多要過去見他了！
藤井小姐在經營部落格副業對吧？真優秀！
沒有啦……
你過獎了。
不不不，
妳看著未來腳踏實地努力的樣子，
令我非常佩服。

他完全是我的理想型，
而且感覺超好……
可是，
我要冷靜！
撲通
撲通
之前，我因為太過積極，不知道在曖昧感這塊摔跤過幾次了……
如果這次順利的話，
睽違多年，我終於又可以……
談戀愛了－！
什麼？
我說，這傢伙是婚姻詐騙！

咦?!
他對APP上認識的女生透露結婚意圖，
目的是讓對方奉上大把金錢。
我們幾個在不小心給了這傢伙一大筆錢後，
就一直在監視他的動向。
這……這不是真的吧？
跪下
對……對不起！
我對妳並沒有任何感情……
藤井小姐，請放我一馬吧！
！
怎……
怎怎……

怎麼會這樣——!!
好過分……
打——擊……
話說回來，我最近……
不但公司負責的蔬菜宅配服務行銷全軍覆沒……
做為副業開始寫的部落格瀏覽次數也不斷下滑……
最慘的是感情生活和婚姻詐騙……
將來有一天和另一半在家裡喝著咖啡談論未來的夢想也破滅了……
到頭來，我這個人無論做什麼……
都是一事無成的大魯蛇——!

原來如此，
發生了這樣的事啊。
每月瀏覽人次
百萬部落客
小川惠
難得跟前輩妳學會了經營部落格，但我想最近還是關起來好了……
說到底，都怪我太貪心，什麼都想試……
妳錯了。

妳該關注的重點不是人，而是……
「文章」。
咦……文章？
妳只是被這個詐欺師……
「操控人心的文章技巧」擺了一道而已。
操控人心的……
文章技巧？
舉個例子吧。

如果是部落格的話，就是寫文章刺激讀者想像自己推薦的產品有多棒。
擁有令人
錯認的亮麗
秀髮！
這麼一來，讀者便會開始想像那項產品會為自己帶來多美好的改變。
最後，「如果想獲得那種美好的未來，請點開這個連結！」
https://abcdefg
m/search.
點擊
以此連結行動。
這就是所謂的文章術。
閱讀
對文字產生反應
想像
採取行動

詐欺師的文字能力，其實也是最好的教材。
心目中的婚姻生活，是什麼樣子呢？
已讀 16:45
婚後會想住在哪裡呢？
已讀 16:48
咦?!
理想中的婚後居家生活是什麼樣子呢？
妳不用想得太嚴肅，我也是真心在尋找結婚對象。
例如，他傳給妳這些訊息的最終目的——
就是促使妳馬上行動。
促使我馬上行動？……

詐欺師的訊息也利用了我剛才說的技巧，
誘發妳想像美好的未來。
促使妳付出信任。
提出約會。
讓妳赴約。
巧妙地引導妳採取一連串的行動。
文章術……好可怕……
當然，這種技巧也能用來讓人獲得幸福。
這裡有個例子。
距今大約三十多年前，美國一家大型量販店的某賣場負責人，藉由在紙尿布賣場裡放出「一句文案」，便大幅提升了一項產品的銷售量。
猜猜看，那是什麼產品？
Save the moments.
BABIES
BABIESFORSALE
26.25

這是當年的那句文案。
想不想爲孩子留下此刻的模樣呢？
啊！是相機！
沒錯。正確來說是傻瓜相機。
大部分購買尿布的顧客，都是育兒中的家長吧？
這句文案讓家長察覺到……
好想爲可愛的孩子留下每天的成長紀錄！
第一次站起來！
爬行紀錄！
翻身！
最喜歡的點心！
——這股埋沒在日常生活中的欲望。

店家成功地讓傻瓜相機的銷售額有了爆炸性的成長。
咚——咚
他們甚至不用寫⋯⋯
「請買這台相機」！
順便說一下，今天的晚餐我請客喔。
咦！這樣好嗎?!
我第一次來這種高級餐廳⋯⋯
沒關係。然後，妳想像一下，
假設下次換妳帶後輩來這間店，
對方傳怎樣的道謝訊息給妳，會讓妳覺得開心呢？
道謝訊息啊⋯⋯

如果收到的是這樣的訊息呢？
後輩妹妹
4/13
我第一次在那麼高級的餐廳用餐！
感謝前輩招待！
前輩平常都在那樣的餐廳吃午餐嗎？好令人嚮往喔！
真可愛。會很感動吧……
沒錯。妳現在需要的，也是……
打動人心的文章術。
……打動人心的……
文章術嗎……
唉呀，別沮喪。
因為……

文章術是任何人都能培養的一門「技術」。
……
即使是我也可以嗎？……
當然。
而且，文章術的力量不只能打動「他人」，
「瘦下來」
「賺大錢」
「追求對象」
也能驅動「自己」，讓自己往期望的方向改變喔。

「增加部落格瀏覽次數」
『工作順利』
『找到結婚對象』
我也想改變自己的人生！
請教我文章術吧！
沒問題。
首先，文章術有……
三大原則。
分別是……

3不寫原則

1 不寫多餘的內容

2 不寫漂亮的文章

3 不寫自己的角度

三不寫原則？
明明是文章術……原則卻是「不寫」？……
我一項一項說明吧……

隔天
這些番茄的照片雖然拍得很好，
但可以幫我想個文案，讓消費者更有意願嘗試看看嗎？
好的，總經理。
我們公司有合作的契約農家，
我的本業就是讓世上更多人知道他們栽種的蔬果有多棒！
為了達到這個目標……
我要運用文章術的力量，打造出最吸引人的行銷策略！

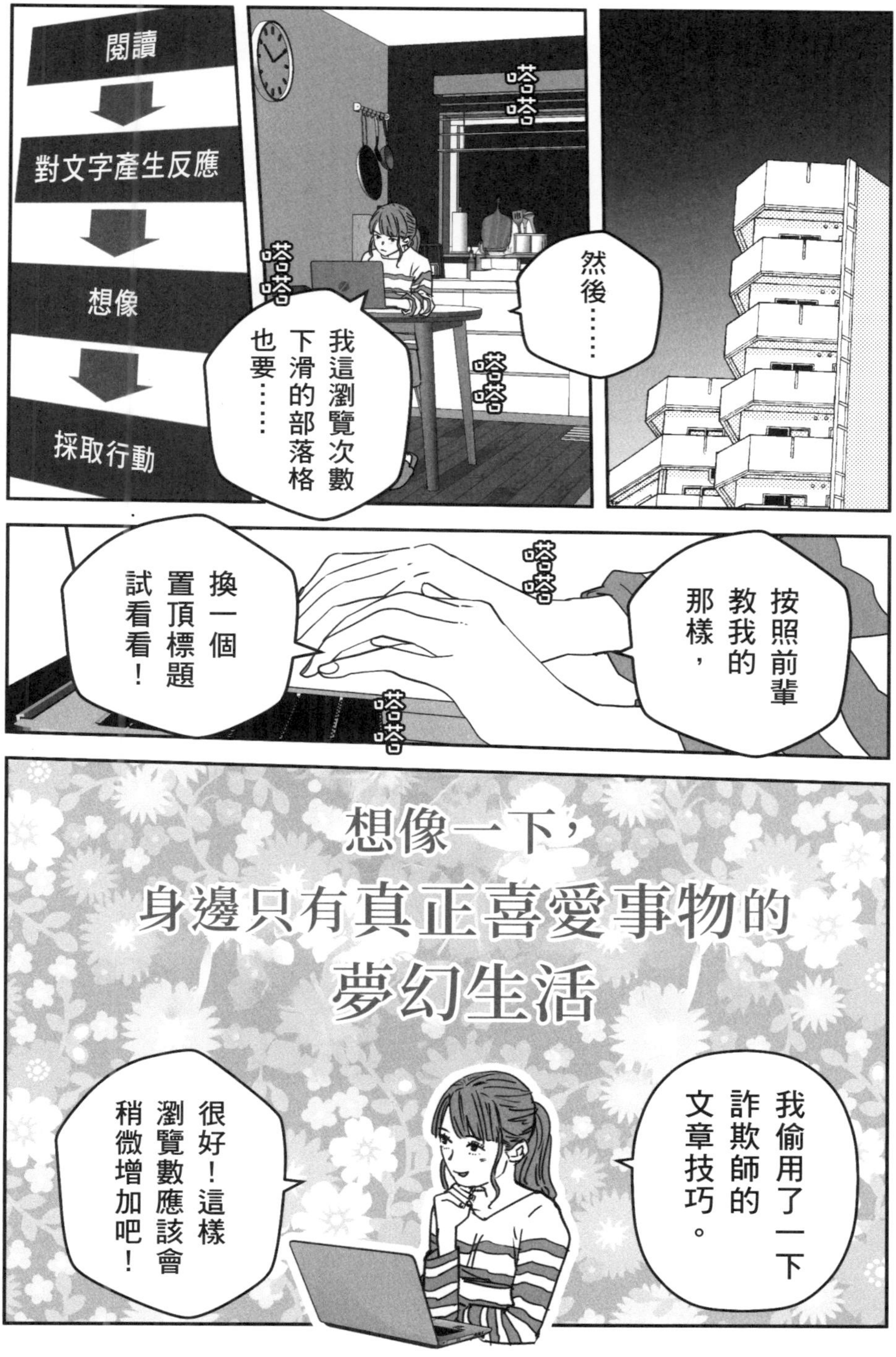
然後……
嗒嗒
嗒嗒
我這瀏覽次數下滑的部落格也要……
嗒嗒
閱讀
對文字產生反應
想像
採取行動
按照前輩教我的那樣，
嗒嗒
嗒嗒
換一個置頂標題試看看！
想像一下，
身邊只有真正喜愛事物的
夢幻生活
我偷用了一下詐欺師的文章技巧。
很好！這樣瀏覽數應該會稍微增加吧！

我也要學會文章術，
讓工作、部落格和感情……
都上演一場精采的大逆轉！
我來囉！

文章的唯一目的就是「讓人立刻採取行動」

本故事的主角**藤井花**是名在新創公司工作的二十八歲女性。為了本業、副業和尋找結婚對象，每天全力以赴，沒有絲毫懈怠。

然而，結果卻是哪方面都不如人意，不但負責的行銷工作成果不如預期，部落格副業也不知該如何增加瀏覽數，感情生活甚至差點落入婚姻詐騙的陷阱……

身為讀心師，我從電視通告活動轉型時，也面臨了一段空轉的時期，所以對故事中小花大喊「一事無成的大魯蛇！」的場景十分有共鳴。

這一點，大家是不是也有相同的感受呢？許多人不一定是像小花那樣挑戰各種事物，但還是對眼前的工作、周遭的人際關係、感情或是孩子的教養感到事與願違，煩惱不已。

另一方面，也有些人像小花憧憬的小川惠那樣，無論工作還是私生活都多采多姿，不斷展現好成果。

其實，無論是藤井花還是小川惠，兩人努力的時間和分量並沒有太大的區別，然而兩人的處境卻南轅北轍。造成其中差異的主要因素，在於是否擁有操縱文章力量的技術。

只要習得這門技術，讓讀者張開想像力的翅膀，便會迎來一件對你而言非常棒的好事。

簡單來說，就是**「完成準備」**。此時，對方因想像而雀躍，敞開原本封閉的心房，做好了採取行動的準備。

例如，汽車的王牌銷售員在銷售信函中介紹車子的性能和品質前，一定會穿插激發顧客想像力的話語。

那並非什麼困難的修辭或技巧。

而是以**「你想開著這部車去哪裡呢？」「想載誰一同前往呢？」**這類的語句，

讓顧客想像「自己開車的場景」——

可能是和女友約會，也可能是每天接送孩子、週末的高爾夫聚會，又或是縱情高歌的深夜兜風。

只要能讓顧客想像自己和新夥伴在一起的畫面，準備就算完成了。

經歷過這番想像後，原本或許是零的購買欲，至少也會增加1%以上。

此時再接著說「週末有試乘活動」，便會有幾個人產生「去看看吧」的想法，採取行動。

被稱為王牌銷售員的人與其他銷售員的差別就在於，他們會下工夫讓顧客在心裡做好準備。他們知道將零變成一的效果有多強大。

一個從沒考慮過買車的人，就算告訴他「有新車上市」、「週末有試乘活動」也不會起任何作用。

然而，若一個人腦海中曾經想像過「自己開車時的場景」，只要向他們傳遞「週末有試乘活動」的消息，便會大幅提升我們得到期望結果的可能性。

也就是說，「閱讀↓對文字產生反應↓想像」的機制還有後續。

那就是，**閱讀↓對文字產生反應↓想像↓採取行動**。

這裡，請回顧一下漫畫第一頁裡婚姻詐欺師傳給小花的訊息。

如何？相信各位應該馬上就看出其中的把戲了。詐欺師正是以問題的形式勾起小花對於跟自己結婚的可能性以及婚後生活的想像，促使小花採取行動。

■為什麼文章比對話更有效？

看到這裡，可能有些人會覺得：「我明白文章有多厲害了，但對話不是更有力嗎？」

然而，文章還有一種力量，遠勝於對話。

那就是，**文章只要寫出來，幾乎就能永久發揮作用**。

「你心目中，全世界最美的女性長什麼樣子？」

「你想開著這部車去哪裡呢？想載誰一同前往呢？」

無論哪個句子，都會二十四小時全天無休地自動刺激讀者的想像力。

對話就沒有這種效果，必須親自前往固定場所，發表簡報才行。然而，文章卻能透過電子郵件、信件、社群平台或是網頁傳達給對方。

對話是即時的，既無法修改，也無法重複確認自己說過的內容（訊息）。文章則可以在寫完後確認與驗證，因此不容易像對話那樣出現「莫名就說得很順」或是「不知道為什麼無法將想法傳達出去」的情形。

由於文章可以重新檢視用字遣詞、結構、長度、說服力，因此也可以視讀者的反應改善內容。另外，我們雖然無法重現過去的對話，過去的文章卻能反覆閱讀。

像這樣——

- **容易操作印象**
- **可以改寫**
- **能夠重新評估結果，進行微調（可測試）**

這幾點說明了文字的優勢。

只要學會寫出「打動人心的文章」，不只商品可以賣得好、企劃會通過、簡報更順暢、所有溝通都圓滿無礙，甚至有接近永久的效果。

- **讓對方爽快答應難以開口的請託**
- **約到可望不可及的異性**
- **確實通過無論如何也想推行的企劃**

文章能讓過去是零的可能性，至少拓展1％以上。

哪怕寫信的人減少了，以電子郵件來往的數量填補這份缺口也綽綽有餘。即使媒介從「手寫信件轉為電子郵件」，透過文字溝通的方式依然保留了下來。

儘管大家說讀書或看報的人減少了，但人們利用電腦和智慧型手機接觸文章的機會卻反而增加了，不是嗎？

如同人類不會失去語言一樣，文章也絕對不會消失。

所謂文章，不只是寫來讓人讀而已，而是唯有**在引導讀者行動後，才能展現存在的價值**。

那麼，在本章的最後我想問一個問題：

「如果你能夠隨心所欲地寫作，你想讓誰做出什麼樣的行動呢？」

你準備好改變人生了嗎？

接下來，請一邊跟著小花一步步變化的樣子，一邊想像**「學會寫文章的自己」**，繼續看下去吧。

COLUMN 1

如何讓平凡無奇的句子，搖身一變成爲名言金句？

「名言」之所以能捉住人心，是因為名言說的是常識，是天經地義的事。當然，用普通的文字表達常識並無法成為名言，名言之所以能成為名言是有原因的。例如：

×「成功的人不會放棄夢想。」

這句話是名言嗎？成功的人懷抱夢想，無論何時都不放棄，所以才會成功。這個道理雖然可以理解，卻一點也不稀奇，也不會帶來任何感動。但若換成下面這個說法，大家覺得如何呢？

○「成功的人，即使在**快要餓死的時候**也不會放棄夢想。」（奧里森．馬登）

這句話一下子就令人有身歷其境的感覺。它和「成功的人不會放棄夢想」差別在哪裡呢？那就是放入了**「在快要餓死的時候」**這種能令人想像情境的文字。因為研究投入了太多金錢，明天就要餓肚子了，卻仍是徹夜做著實驗。因為讀者腦海中浮現了如此具體的情景，**「成功的人懷抱夢想，無論何時都不放棄，所以成功」的故事才能產生真實感**。

也就是說，這句話因為加入了「即使在快要餓死的時候」這個表現**「條件」**的句子，所以才觸動人心。這就是讓名言變成名言的文字魔法。

○「想成功，就**每天花十八個小時**，專注在一件事情上。」

這是愛迪生說的話，簡而言之就是：

✕「想成功，就要不惜一切努力。」

這樣一個老生常談的內容。

然而，只是放入**「每天花十八個小時」**這幾個字，整句話就呈現截然不同的印象，瞬間提升話語的價值。學習這種文章結構，在自己寫作時也很有幫助。

說得極端一點，只要在平凡無奇、隨處可見的常識句子中，**放入表現誇張且具體的條件文字，這個句子就會變成名言**。而改寫成名言風格的句子，比單純的句子更有引起讀者共鳴的力量。

為了讓大家將這種名言結構活用在自己的文章中，我們一起來練習把想要傳達的內容改寫成名言風格吧。

✕「抱持『為什麼？』的疑問很重要。」

如果想傳達這個訊息，將這句話打造成名言風格的話，你會怎麼表達呢？

下面，我介紹一句愛因斯坦的話當成解答的範例吧。

○　「『為什麼？』這個疑問，**比它的答案重要一百倍**。」

最後，再一個句子：

×　「不放棄很重要。」

若想告訴大家這件事，你會怎麼表達呢？解答範例出自一部知名漫畫。

○　**「現在放棄的話，比賽就結束了。」**

這句話出自經典籃球漫畫《灌籃高手》。

一看到這句話，漫畫裡的一幕彷彿就要浮現眼前。「比賽就結束了」這幾個字，激發人想像出「放棄」撥快時鐘指針前進的畫面。相反的，只要不放棄，比賽就會一直持續下去。

寫作技巧的訓練沒有終止的一刻。只要你不放棄，就會拓展出無限的可能。

第 2 章

妳是不是覺得只要自己寫得鉅細靡遺，讀者就會買單？
應該說，妳是不是以為文章只要寫出來，至少就會有人讀呢？

用「三不寫」原則操控人心

首先，要讓讀者想採取行動。
下筆時要記住這點。
部落格
想像一下，身邊只有
真正喜愛事物的
夢幻生活
產品行銷
交友軟體自我介紹
藤井 花 28
現居東京
OL
自我介紹
你好。我假日經常去咖啡廳，如果有推薦的美味咖啡，非常希望能與你一起前往探索。此外，我也經營個人部落格，在公司負責契作蔬果行銷。請多指教！

總經理，您覺得如何？
嗯～這個嘛……
可以感覺出妳的熱情……
可是……讀起來有點累。
有、有點累……？
妳可以再想一下，看看怎麼修改嗎？
怎麼會……這是我熬夜想出來的自信之作啊……
驚嚇
啊啊啊……
本週瀏覽次數
部落格離開率也好高……
驚嚇

交友軟體這邊……
藤井 花 28
現居東京
OL
……零封訊息……
啊啊啊！
驚驚驚驚驚
我的文章根本無法讓任何人採取行動啊！
想像一下，身邊只有
真正喜愛事物的
夢幻生活
這個標題很棒呢。
真的嗎?!

可是內容嘛，說好聽點，就是垃圾。
感覺離開率一定很高。
斬釘截鐵！
咿咿咿……被妳看出來了！
漏洞百出
無論是工作、部落格，還是交友軟體……
我都是抱著打動對方的心情，
盡全力寫出這些文章，可是卻……
妳這樣是不行的。
咦……
聽好了，
首先，三原則中的第一個原則……

原則 1
不寫多餘的內容
以妳的行銷文案為例，
總之就是太長、太長，太～長了！
的番茄，是由嚴選
、孕育出的極致
經過縝密計算
所打造出的果實
價，彌足珍貴。
各位獻上無與倫
鮮紅番茄
東拉西扯，
寫太多

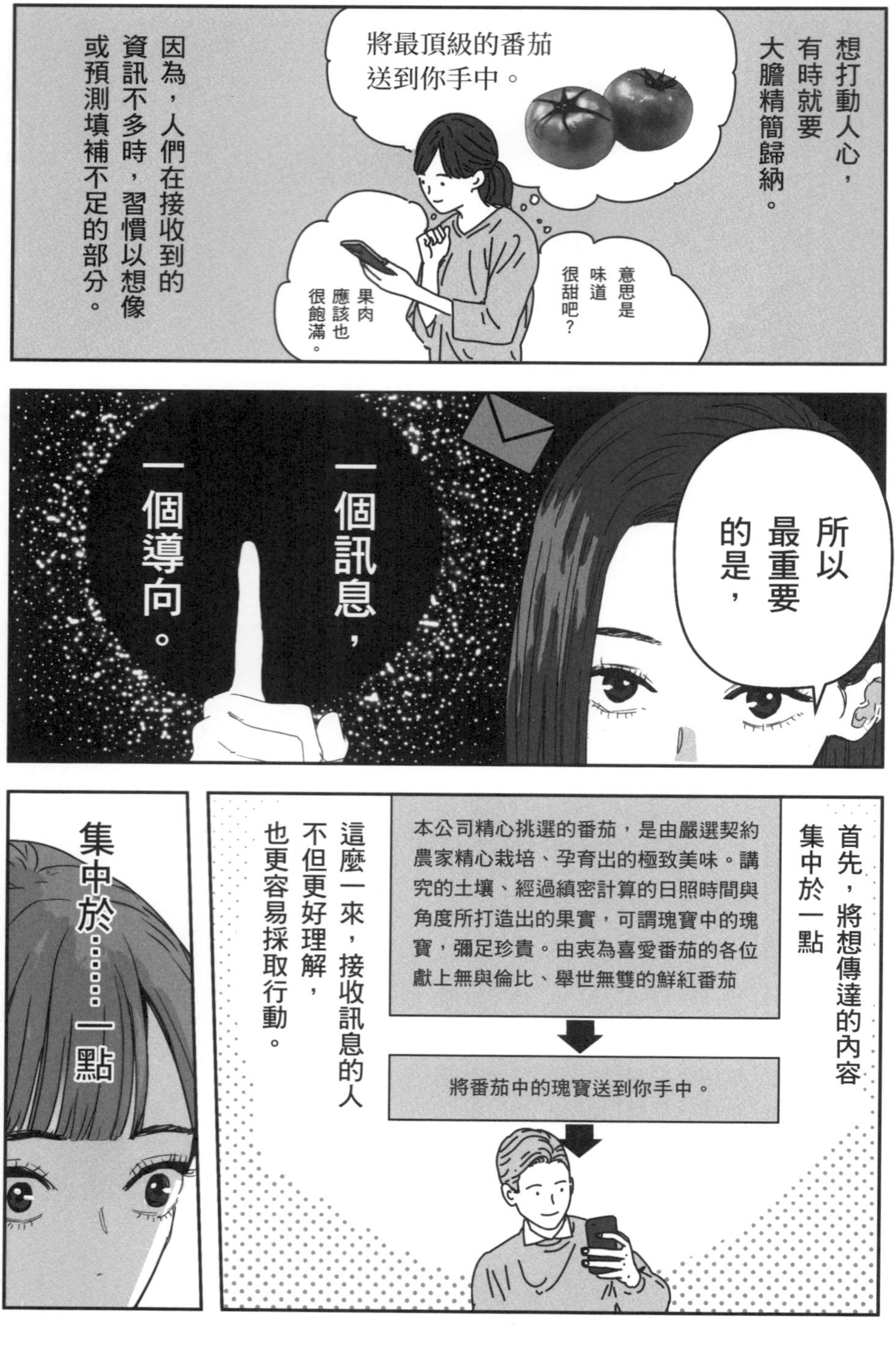
想打動人心，有時就要大膽精簡歸納。
將最頂級的番茄送到你手中。
意思是味道很甜吧？
果肉應該也很飽滿。
因為，人們在接收到的資訊不多時，習慣以想像或預測填補不足的部分。
所以最重要的是，
一個訊息，一個導向。
首先，將想傳達的內容集中於一點
本公司精心挑選的番茄，是由嚴選契約農家精心栽培、孕育出的極致美味。講究的土壤、經過縝密計算的日照時間與角度所打造出的果實，可謂瑰寶中的瑰寶，彌足珍貴。由衷為喜愛番茄的各位獻上無與倫比、舉世無雙的鮮紅番茄
將番茄中的瑰寶送到你手中。
這麼一來，接收訊息的人不但更好理解，也更容易採取行動。
集中於……一點

原則2
不寫漂亮的文章
妳的文章不但冗長，而且太客氣了。
簡直就像公家機關的通知書。
促使人行動的不是「理論」，
理論
感情
而是「感情」。

一旦妳壓抑自己的感情，
感情
感情
對方內心湧現的情感也會被妳一併壓抑下去。
感情嗎……確實……
例如這句電影宣傳文案，
如果加入觸動情感的關鍵字，會變成怎樣呢？
「感情迷惘時必看的電影」
嗯～嗯～嗯……
「嘿，你喜歡我嗎？」
在開口問他前，先看這部電影吧。
這個怎麼樣？
哇！一下子就被勾起興趣了！

原則3
不寫自己的角度
簡而言之就是，寫文章時有沒有設定好讀者。
想創造讓人採取行動的文章，
最重要的就是，先在腦海中想像讀者的樣貌。
這就是原則三要說的。
讀者的……
樣貌？

妳的文章裡全是自己想讓對方看的內容，一點也沒有考慮到讀者。
我等一下要出右直拳，你絕對不能防禦喔。
在我說好為止，不准還手喔～
接下來，我要攻擊你身體左側，乖乖承受吧！
這傢伙只想著自己耶……
逼近
唔……
妳是不是覺得只要自己寫得鉅細靡遺，讀者就會買單？
應該說，妳是不是以為文章只要寫出來，至少就會有人讀呢？
讀者可不像作者以為的……
會那麼認真看待文章喔。
唔……

思考文章的受眾、蒐集情報是非常重要的事。
讀者是怎樣的人？
年齡層落在哪裡？
有什麼樣的煩惱？
對哪種主題有興趣？
相反的，看到什麼樣的內容又會離開？
首先要調查這些。
一篇文章的好壞，在下筆前就已經決定了。
打字那都是之後的事。
我知道了……

AWESOME
妳想訪問顧客？
我想更了解顧客的想法，
回應他們的需求。
可以是可以……
但之前的問卷調查，
一定可以得到大家的反饋。
我這次有秘技，
一定可以得到大家的反饋。
秘技？

一個訊息，一個導向。
信件主旨不要寫太多有的沒的，用直球對決吧。
主旨「請各位幫忙填寫問卷」
不行，總覺得有點弱……
促使人行動的不是理論，而是感情……
必須引起收信者的好奇心……

主旨「請幫幫我們！」
嗯！這樣寫，收信者就算沒興趣，
也會覺得不管怎麼樣，先打開來看看好了。
感覺可以期待這個效果！
不寫多餘的內容
接下來是部落格……
嗒嗒
嗒嗒
嗒嗒

原本，
我就是喜歡省錢和整理收納，才會選擇這個部落格主題，
所以我和來這裡的讀者應該很容易有共鳴才對……
也就是說，我只要思考自己平常「對什麼事情會有反應？」「想知道哪方面的資訊？」
放大生活空間
檢視訂閱服務
集點活動推薦
避開當季服裝，便宜購入！
以讀者的角度思考，應該就能定出文章題目，觸動讀者的心才對。
幾天後
太好了！瀏覽數慢慢增加了！
不寫漂亮的文章

交友軟體也馬上就有回應了！
藤井 花 28
現居東京
OL
我試著換了個簡單版的自我介紹，
OL
自我介紹
你好。我假日經常去咖啡廳，如果有推薦的美味咖啡，非常希望能與你一起前往探索。此外，我也經營個人部落格，在公司負責契作蔬果行銷。請多指教！
OL
自我介紹
想和你一起去探索美味的咖啡。
重點是讓對方看了後，會想先見個面看看。
1
有了。
2
有了，有了。
4
有了，有了，有了!!
一個訊息，一個導向。
我要認識很棒的對象，
活出充實的現實人生！
不寫自己的角度

幾天後
喔……
原來還有這三種原則啊。
我們居酒屋客戶回傳的問卷數量，居然比以前高了七倍！
七倍?!
我一邊大量聽取他們的心聲，一邊尋找哪些話能「觸動」顧客的心。
顧客最大的煩惱是什麼？
公司可以用什麼方法幫助他們？
我們家產品最大的魅力在哪裡？

那些向我們進蔬菜的餐廳，有自己獨特的堅持和服務。
透過這些，我明白了這些店家對我們的蔬菜有哪些期望。
我現在正利用這些經驗，著手構想新企劃。
部落格方面，則是集中主題，深入探索自己也想知道的資訊，再寫成文章，
結果，現在一個月的瀏覽次數有三萬了！
託三原則的福，交友軟體的聯絡訊息也急速增加。
為了約會執行的瘦身計畫也持續進行中，你不覺得我有瘦一點了嗎？
原來如此！
妳嘗試了各式各樣的挑戰，好厲害喔。
好！

下次比賽，我在麥克風喊話時也要試試看這三個原則。
咦？比賽？
就在下個週末。
有空的話，希望妳能來觀賽。
次世代摔角 自由席
原來如此……這麼說來，
我一次都沒去看過你比賽耶。

想不到，從小都是靠我保護的悟，
現在是職業摔角手了呢。
我一定會去的。
FIGHT

操控人心文章的共通點？

小花開始挑戰能夠讓讀者想採取行動的文章了。不過，儘管她幹勁十足，情況卻沒有馬上好轉。

不但行銷文案遭總經理嫌棄太冗長，部落格的離開率直線上升，就連交友軟體的配對率也是抱鴨蛋。看著煩惱的小花，小川惠傳授了她讀心文章術的三個「原則」，也就是讀心文章術的特徵。

這三個原則，是後面第三、四章將說明的「觸發器」與「技巧」的基礎，也是在隨心所欲操控讀者內心，寫出促使讀者行動的文章時必要的心理準備。

明白這些原則後，便能更深入理解寫文章時容易陷入的三大「誤解」，也是「為什麼大多數的人無法寫出感動讀者，引導他們採取行動的文章？」的理由。

原則 1「不寫多餘的內容」

第一個原則是，「不寫多餘的內容」。

故意利用短文刺激讀者的想像力，誘導對方行動。這是一項可以運用在任何文章中的技巧。

寫作的訣竅不是思考「自己想表達什麼」，而是**「希望對方讀到這篇文章後會採取什麼行動」**。

以及該怎麼寫，**讀者才會覺得「或許也可以這麼做？」、「我一定要這樣做！」**

不是「想請對方加班」，而是去想該如何拜託，對方才會覺得「這項工作非我不可」。

不是「想提出企劃案」，而是思考什麼樣的企劃才會讓人覺得「好像可行！」

不是「想告訴大家這個很划算」，而是思索要怎麼寫，顧客才會認為「現在不買會後悔！」

本書開頭介紹過的句子，**「你心目中，全世界最美的女性長什麼樣子？」**也符合這項原則。讀者一看到這則短句，內心就會忍不住開始想像自己描繪出的「最美的女性」。

漫畫第一章中登場的尿布賣場文案，**「想不想為孩子留下此刻的模樣呢？」**也是相同的道理。

看到這句文案的賣場顧客，會想起孩子現在正在人生舞台上展開的無數個第一次，想像拿起相機拍下那些瞬間的自己。

結果，這句沒有寫出「請購買相機」，甚至連商品說明都沒有的文案，卻讓顧客前往櫃臺結帳時，購物車裡不只放了紙尿布，也擺了傻瓜相機。

這兩句話都只寫了一行字，為什麼這麼短的文章能夠打動人心呢？

這是因為，當人們**接收到的資訊不足時，會習慣以想像或預測判斷**。

想要表達的心情越強烈，越容易東拉西扯寫太多

那麼，人們又是根據什麼做出這些想像和預測的呢？答案是個人的知識和經驗，也就是記憶。根據腦科學研究，人類對於伴隨強烈情感的事件更容易留下記憶，例如自己喜歡的事情或期望。

寫文章時，刻意減少資訊量，讀者便會以自己的記憶為起點，展開想像。因此我們也可以說，保留某種程度「空間」與「空白」，方便讀者想像的文章，就是好文章。

前面無論是關於最美女性的句子還是傻瓜相機的文案，讀者都是依照自己的期望去想像和理解其中的文字。

只要掌握這個關鍵，就能打動人心。不，是對方自己就會感動。因此，不需要長篇大論詳細解釋。

這就是關於寫作的第一個誤解。

漫畫中的主角小花也是如此。當我們想要表達的心情越強烈時，越容易東拉西扯寫太多。

然而，就算文章將想傳達的訊息一一羅列出來，搭配詳細的資訊，也不代表能打動讀者的心。此外，若是作者一下子希望讀者這樣做，一下子又希望讀者那樣做，目標不明確的話，讀者就算看了文章的內容也會很快就忘記。

最危險的，是身為作者的你「不知道自己希望對方採取什麼行動的時候」。

「想寫出扣人心弦的文章，卻不知道自己希望對方做什麼。」是個大問題。寫作的起點，就是思考「希望讀者採取什麼行動」。若是情書，

想打動人心，
有時就要
大膽精簡歸納。
將最頂級的番茄
送到你手中。
意思是
味道
很甜吧？
果肉
應該也
很飽滿。
因為，人們在接收到的
資訊不多時，習慣以想像
或預測填補不足的部分。

就從「表達自己的好感，如果可以的話，希望對方答應交往」開始。

像這樣，集中鎖定一個目標來寫文章，廣告界稱為**「一個訊息，一個導向」**。

將想要傳達的訊息刪減、集中成一點，對方更容易採取行動。

■ 一個訊息，一個導向

一篇文章中只放入一個訊息。

將這個訊息傳達給讀者，打動對方的心，獲得一種結果。

這就是「一個訊息，一個導向」的概念，也是利用短句，書寫不過度說明的文章訣竅。

以情書為例，就是希望能用表達「我喜歡你」的文章，讓對方的內心出現**「悸動（我可能對這個人有感覺）」**。

這就是應該要鎖定的唯一目標。

同樣的，若是銷售信函，就是運用帶有「請購買」意涵的這一個訊息，讓看的人產生**「好想要喔，買下來吧？」**的念頭。如果是新聞稿，則是透過蘊含「請各位幫忙介紹」心意的文稿，勾起對方的興趣，覺得**「這好像很有趣，我也來跟某某某說吧！」**這些都是一個目標。

最重要的是，寫文章的人能否想像自己希望讀者做出什麼樣的回應。

我想把自己的心意告訴你！我喜歡你！我是如此地喜歡你！從那時候就喜歡上你了！我最喜歡你的這個部分！

如果你收到如此單方面想要表白的情書，會有什麼感覺呢？

這封情書確實只有「一個訊息」，但這樣寫會讓人退避三舍吧？

那麼這段「！」連發的訊息裡，缺少了什麼東西呢？

那就是寫作時必須優先思考的「希望讀者採取什麼行動」中的「讀者樣貌」。

■想傳達的內容集中於一點，對方就會行動

讀這篇文章的人是誰？

我們希望讀者採取什麼樣的行動？

也就是說，為了讓「一個訊息，一個導向」充分發揮效果，確認和分析讀者是「誰」是不可或缺的工作。

為了寫出「恰到好處」，對讀者而言好讀、好懂的文章，下筆前，要思考「這篇文章的受眾是誰？」蒐集材料，構思內容。

沒有做到這些所寫的文章，即便內容再怎麼縝密，再如何正確，通篇辭藻優美華麗，也

無法撼動人心，促使讀者行動。

為了了解讀者，小花向顧客發出了問卷調查，這是非常正確的方法。因為讀者等待的，是一篇寫給自己的文章。

POINT

刻意縮短文字，借用讀者的想像力。

與其寫「好懂的文章」，不如寫「讓人想行動的文章」。

原則 2「不寫漂亮的文章」

讀心文章術的第二個原則是，「不寫漂亮的文章」。

說極端一點，就是「寫出撼動人心的文章！」

這是任何文章都共通的原則。

以信函為例：

時序漸冷，不知您是否一切安好？

✕ 本次，為您寄上家鄉知名的醃菜，敬請品嚐。

最後，衷心祝願貴公司生意興隆，業績蒸蒸日上。

假設你在送禮時，附上了這樣一封以「季節問候」為開頭的感謝函，收禮的人會對這封信留下印象嗎？

就算記得收到的禮物，對於制式的問候謝函，對方頂多也只會留下「好像有附謝函」的印象。

因為，這封信函裡沒有送禮者，也就是你自己的特色，或是連結你和對方的文字。

下面介紹一則令我印象深刻的贈禮留言：

◯「這個，作家佐藤優好像也有在用喔。」

這是一位愛看書的好友送我「閱讀架」時附上的一句話。

閱讀架，是一種可以將書攤開來擺放，讓人一邊參考一邊書寫的輔助工具。

我非常喜歡書籍，一天會讀好幾本書，儘管如此，卻也沒有那麼想要閱讀架。

然而，當我得知自己敬重的愛書人有使用這個閱讀架的瞬間，突然覺得自己收到了一份很好的禮物。

這張禮卡既沒有季節問候，也沒有任何物品介紹，而是**用一句切中我興趣的話**，讓我對這名友人和禮物留下了深刻的印象。

■工整洗練的文章沒人看

我們應該寫的，是即使表現生澀、用詞不夠精鍊，也依然充滿了個人情感與背景的文章。**必須**在文章中加入和對方的共同體驗，**將文章和讀者的心串連在一起**。

禮卡上的內容需要的不是無關痛癢的季節問候，而是延續酒席間隨口提到的話題、報告對方感興趣的事，或是問候過去曾經聽聞的對方家人近況等**連結彼此的話語**。

只要放入這些內容，這封簡短的信函就會深深打動人心。

然而，越是不懂得這個訣竅的人，越是想要寫出工整漂亮的文章，以免自己失禮，評價下滑。

這就是寫作時的第二個誤解。

一味專注於「非寫出漂亮的文章不可」時，就會壓抑自己的情感。

一旦作者壓抑自己的情感，便會產生**鏡相般的效果**，令讀者內心本該湧現的情感也一併壓抑下來。

到頭來，雙方都無法理解對方的心情。

若想打動人心，第一步就是**放棄「想寫出漂亮文章」的想法**。因為，膚淺的制式文章無法觸動讀者的欲望和感情。

■ 促使人行動的不是「理論」，而是「感情」

除了「不可以寫漂亮的文章」外，還有個原則也希望大家一起記住。

那就是**「人類行動的原因不是『理論』，而是『感情』」**這個心理法則。

一個人就算認同某項理論，也不會付諸行動。

因為，人類是因為感情行動後，才將那項行為正當化，幫行為冠上一個道理，讓自己相信自己「採取了正確的行動」。

那麼，怎樣的文章才能觸動讀者的感情呢？

假設，現在要寫一封電子郵件給熟悉的客戶，要怎麼寫才會令人覺得更親切呢？

提示是**「如談話般書寫」**。下面舉個例子：

✕「日前，我前往您推薦的餐廳吃了漢堡排，果然名不虛傳，十分美味。」

○「前陣子，我去了您推薦的餐廳。刀子切入漢堡排的瞬間，**肉汁立刻**流了出來，好吃得驚人。」

後者的文章放入了會觸動讀者心弦的關鍵句「肉汁立刻流了出來」。

這樣的文字能令看的人想像信中描述的場景以及寫信者的表情——因「肉汁立刻流了出來」而陶醉的你。

正因為是漂亮文章不會採取的表現方式，才能觸動每一名讀者的感情。重點是，文章中要能看見一個人的「表情」。

反之，前者的文章很表面，雖然能理解句子裡的內容，但也就僅止於此。

這是企圖寫出好懂文章時，不知不覺就會落入的陷阱。寫出漂亮的文章並不是重點。

POINT

漂亮的文章無法讓人採取行動。
請刺激讀者的感情與想像力。
促使人行動的不是理論，而是感情。

原則3「不寫自己的角度」

文章術的最後一個原則是，**「不寫自己的角度」**。

繼「不寫多餘的內容」和「不寫漂亮的文章」後，**你終於連「寫作」這個行為都要脫離了**。

之所以這麼說是因為，一篇文章的好壞，在下筆前就已經決定了。

那麼，「不寫自己的角度」到底是怎麼一回事呢？

舉個例子，我有一個在大企業工作、年近四十的男性友人。

幾年前，他和一名較自己年長的美麗女性結婚了。這位朋友工作順利、私底下也很享受高爾夫和攝影這兩項興趣，看似每天都過得非常充實。

然而，面對妻子，他卻有一點感到自卑。

那就是身為新創企業經營團隊一員的妻子，收入比他更高。

我的這位朋友年收入也相當高，但無形中還是覺得妻子擁有更大的發言權，忍不住會認為「自己必須多分擔一些家事」。

這是個微不足道的煩惱。朋友夫妻也就是所謂的無子雙薪高收入家庭，擁有許多可以自由支配的金錢，身旁的人應該也都不覺得他會對這種事自卑。

可是，仔細聽這位朋友說話，會發現他總是想著**「月收入還想再增加十萬圓」**、**「哪裡有不錯的副業？」**

當然，我們無法將這名朋友的條件當作一般來看，但不少人與他有幾個共通點：

妻子年紀比自己大，伴侶的收入更高，隱隱約約對此感到自卑——想像具備這些條件的丈夫（男性）有什麼樣的煩惱，與**「不寫自己的角度」**這個原則密切相關。

這些男性在想什麼？有什麼願望？只要明白這點，寫出來的文章也會有所不同。

假設，你要寄一篇講座介紹，標題只要寫下**「另一半比較會賺錢——是不是有人也懷抱著這樣的煩惱呢？」**便會一下子提升收信者繼續往下讀的機率。

在前述那樣的標題後寫下：

○

「只要學會我推薦的這個方法，就能有效管理時間。

不僅能提升本業的業績，還能創造經營副業的時間，即使不換工作，也能增加收入。

據說，商務人士一天『打混摸魚的時間』平均是四十七分鐘。

此外，單程通勤時間平均是五十八分鐘。

每天沒有被善用的自由時間高達三小時，只要學會這個方法，就能活用這些時間。

如此一來，另一半看你的眼光也會不一樣了吧？他們會說：『週末做什麼家事！把時間留給我！』」

只要這麼寫，就有「一針見血」的效果。這就是看透讀者的文章，不需要高明的修辭技巧就能觸動人心。

■ 文章不要自己想！該寫的內容就在對方心中

這個手法和**「透過行為、態度、言語等線索解讀對方的心理，隨心所欲誘導對方的技術」**這個讀心術的本質有關。

假設你已經依循原則一「不寫多餘的內容」，精簡地記下想要實現的目標；遵守原則二「不寫漂亮的文章」，打造出融入情感的文章。

但只有這樣還沒結束。

文章必定有讀者。

如果是情書，讀者就是心儀的異性；若是提案書，讀者便是顧客。報告書的讀者是上司，商務電郵的讀者是同事或客戶，社群平台貼文的讀者是朋友或認識的人，部落格文章的讀者是不特定的大眾。如果是日記，讀者便是自己。文章寫下來，一定有閱讀的人。

我在介紹「一個訊息，一個導向」的章節中，已經說明了注意「讀者是誰？希望讀者採取什麼行動？」的重要性。

是否有思考「讀者是誰？」蒐集情報，構思文章，最後完成的文章會截然不同。

不過，多數人在寫文章時，總是只考慮自己希望別人讀到什麼，很少意識到讀者的存在。不僅如此，還有很多人認為「文章只要寫了就會有人讀」，然而現實沒有那麼美好。

這就是關於寫作的第三個誤解。

讀者並沒有像作者期待的那樣認真看待文章，哪怕是工作上的文章，許多人也只是迅速掃一眼而已。用文章打動人心不是那麼簡單的事。

正因為如此，**「分析讀者的內心」**才會顯得如此重要。

首先，徹底調查文章的讀者是怎樣的個體或族群。**提筆、敲鍵盤、拿出手機打字都是之後的事**。

具體而言，就是重新檢視過去和對方來往的信件內容，並利用社群平台調查對方的興趣和嗜好。如果是曾經見過面的人，就回想當時互動中令你印象深刻的對話或事件。

這跟寫情書時腦海中想著意中人是同樣的道理。關鍵時刻要寫文章時，下筆前請務必記得分析讀者的內心。

我們可以更進一步說，能否寫出一篇打動人心的文章，**在下筆前便已決定一切**。所以，才會有原則三「不寫自己的角

我一邊大量聽取他們的心聲，一邊尋找哪些話能「觸動」顧客的心。
顧客最大的煩惱是什麼？
公司可以用什麼方法幫助他們？
我們家產品最大的魅力在哪裡？

度」。

寫文章前能夠調查多少，決定了勝負。動筆前搜索枯腸，下筆後無法如願施展都只有一個原因：準備不足。最理想的狀態是，提筆或是面對鍵盤時已經將對方的心理解讀完畢，能夠一鼓作氣完成文章。

若想寫出撼動人心的文章，就要將自己思索的時間減到最少，因為**動人的文字不在你的身上，而是在對方心中**。

也就是說，有時間思考自己想寫的內容，不如調查這篇文章的受眾。這麼做，更能在書寫打動人心的文章時發揮巨大的作用。

POINT

仔細觀察讀者，
選擇他們想看的內容或文字寫文章吧。

第 3 章

驅動人心的七個觸發器，讓你不再煩惱要寫什麼

後樂園表演廳
嗚喔啊啊啊啊！
哇哇

悟選手，上啊！
悟!!
小花，想不到我支持的選手，竟然是妳從小認識的朋友！
我也好驚訝，竟然會在這裡遇到小惠前輩……
出拳
咚

我從來沒有在悟臉上看過那種強烈的表情。
那個表情裡蘊含了濃烈的情感，
讓我無法克制心中湧現的情緒。
哇啊啊啊啊啊！
我是悟！

感謝大家來觀賽。
今天這場比賽，是我選手生涯至今最大的考驗。
多虧了大家的支持，我才能終於取得勝利。
我在這裡向各位宣誓！
我，悟，在今年，
一定會讓大家看到，
自己繫上冠軍腰帶的樣子！
激昂
慷慨
嗚喔喔喔喔喔！

啊啊啊啊啊啊啊啊
悟選手對麥克風喊話的技術進步神速耶。
「一個訊息，一個導向」，用得比我還要好……
悟選手受歡迎的秘密關鍵就在於，
他不只是以職業擂台為一決勝負的戰場。
咦？
悟選手把自己對對手的欽羨和勝利的渴望上傳到社群平台，
悟@次世代職業摔角
摔角賽中最強大的攻擊力，現在的我仍遠遠不及。不過，如果我能用飛身踢成功壓制的話，就有下剋上的可能。我想贏，想獲得勝利，我不想輸！
在同樣正面臨某些挑戰的人們之間引發廣泛的共鳴，因此追蹤人數不斷增加。

而且他每次發文時，
振振有詞
都一定有意識到「七個觸發器」。
七個觸發器？
就是撼動情感，驅使人行動的……
七個誘因。
例如，若想讓別人讀自己的文章，
重點應該就是要事先傳達自己的目的，告訴對方：『滿足你欲望的內容就在這裡！』
為了你特別準備
欲望……？

其實！
為了「不寫自己的角度」，蒐集客戶的反應後，我發現……
顧客減少的店家都有著相同的煩惱！
然而，我對他們的困境卻無能為力，實在好丟臉……
我想努力製作一些「外帶」品項，可是……
「外帶」嗎？原來如此……
我想利用這七個觸發器，找出解決店家煩惱的線索！
觸發器是觸動欲望的「話語」。

七個觸發器

觸發器 1：興趣

人類討厭無聊，會為了熱衷的事情而忘記時間。
只要一觸碰到興趣，就會自己行動。

觸發器 2：真心與表面

人類的生活往來中充滿了真心話與表面話。
兩者的夾縫之間，蘊含著能夠驅使人行動的能量。

觸發器 3：煩惱

人類會想消除自己的煩惱與糾結。
只要知道能夠解決煩惱，必然會行動。

觸發器 4：損失與獲利

比起「獲利」，人類「不想要吃虧」的心理更強烈。
只要給予安全感，保證「不會吃虧！」的話，更容易促使對方行動。

觸發器 5：大家一起

人類會迴避從所屬群體中落單的狀態。
此外，容易受到與自己擁有共同點的人的影響。

觸發器 6：想獲得認同

人類若沒有獲得認同便無法生存。
一個人的自尊心只要受到文章刺激，就會積極閱讀下去。

觸發器 7：專屬感

一旦擁有的東西即將消失時，人類就會產生強烈的渴望。此外，也希望獲得獨一無二的專屬待遇。

觸發器
1
興趣
一定要查看對方的興趣。
查看客戶的興趣！
原來燒烤店的女老闆喜歡甜點。
馬卡龍祭
好，我要買馬卡龍過去！
觸發器
2
真心與表面
靈活運用真心與表面。
想靠喜歡的興趣吃飯！
現在的工作要好好努力！
「期望這麼做」的是**理想**。
現實則是「應該這麼做」。

「媽媽努力的雙手，正在哀號。」
「一整年都有富貴手煩惱的媽媽們，有救了！」
這兩句都是洗碗機的廣告文案。
理想 希望有人能代替自己……
現實 只能靠自己……
在這種真心和表面之間搖擺的女性，看到這兩句廣告文案後會有什麼感受呢？
她們會發現自己其實想怎麼做，察覺到自己的真心。

於是，對洗碗機就產生了的欲望。
好！
我要買！
一個人只要察覺到自己的眞心，就會按下想要行動的開關。
建議女性使用富貴手這個表面的理由購買商品，而不用向丈夫吐露真心話……
理想和現實之間的落差越大，動能越強。
普通人是辦不到的！
老闆也是人！
這些文案也運用了真心和表面。
加入了認同表面狀態的部分。
爲認眞工作的你，獻上一個好消息！

煩惱
觸發器
3
人類的煩惱有九成可以歸納、分類為「HARM」。

HARM？

HARM

H=Health ☞ 健康

A=Ambition ☞ 抱負、志願

R=Relation ☞ 人際關係

M=Money ☞ 金錢

原來如此！
從前輩的信件來看，這些煩惱似乎會隨著世代產生不同的變化。

「人際關係」煩惱的變化
Relation
10～19歲 談戀愛
20～29歲 男女朋友
30～39歲 結婚生子
40～49歲 小孩的出路
50～59歲 夫妻關係
60～69歲 退休生活
「金錢」煩惱的變化
Money
10～19歲 零用錢、打工
20～29歲 自我投資、儲蓄
30～39歲 購屋
40～49歲 小孩教育費
50～59歲 退休生活
60～69歲 退休金
即使是同一個話題，不同年齡也會有這樣的變化。

觸發器4
損失與獲利
果然，多數廣告都是強調免費＝賺到呢。
五年內退貨免費
初次申辦手機，學生免費
OUTLET 家具
獨立包廂
地下一樓
6F
會被「福利品」吸引。
任何人在能夠便宜買到商品時都會開心，但也會在意物品便宜的理由……
福利品半價?!
好，買!
因此，一旦知道原因是「福利品」後，就能理解，進而購買。
也就是藉由坦承缺點，博取信任啊……

觸發器
5
大家一起
那個APP，
大家都有下載喔。
我是不是也要下載一下……
三十幾歲的人，有40％的人已經買房。
無痛除毛！已有百人體驗！
90％的補習班學生考上第一志願！
「大家一起」是非常有效的觸發器呢。
「崇拜的網紅或是名人有在使用」，
也是很有力的觸發器。

觸發器
想獲得認同
6
社群平台上的「按讚數」只要增加，就會很高興！
讚 3485
155
526
想獲得認同！
這種心情會成為觸發器呢~
觸發器
專屬感
7
獨享機會！送給看到這則廣告的你。
只告訴你一人。
雖然「限定商品」的稀有性能夠提高購買欲，
但「只告訴你」這種限定的資訊，也非常有魅力喔。
心動
加速
心跳

只要活用這七個觸發器，
我一定能讓餐廳的外帶服務成功！
外帶的點子？
我想了一些廣告文宣。
您覺得如何？
為忙碌的太太準備的外帶餐盒
在家中品嚐本店的美味！

減輕太太的負擔，也能讓先生吃到喜歡的料理。
我試著針對這樣的欲望下標。
不錯嘛！
謝謝您！我也來設計菜單！
對太太有養顏美肌功效的料理不錯耶！
宅配的生日餐好像也能做。
真是太謝謝妳了！
我也腎上腺素爆發呢！

♪
嗯？電話？
是種番茄的山田先生。
山田先生
Answer
Decline
INBACK
……藤井小姐，這段時間承蒙妳的照顧。
山田先生？
因為居酒屋的訂單減少……
我們農場可能要收起來了。
咦?!

意思是，以後市面上再也看不到……
那麼美味的番茄了嗎……
這段時間很感謝妳。
這不只是契約農家的問題而已……
……我得……
……我得想個辦法才行……

何謂直擊人心的主題?!

本章介紹的七個觸發器，就是揣摩對方心理、觀察對方反應，逐步加深對話的技巧。換句話說，就是利用言語打動人心的七個方法。

職業捧角手的悟便是利用這項法寶掌握粉絲的心。那麼，「打動人心的文章」與「讀起來無感的文章」差別在哪裡呢？

答案是，是否觸動讀者的欲望。因為，一般人只要發現眼前的**「文章內容與自己的欲望有關」**，就會立刻開始閱讀。

例如，家電產品說明書。

大部分的說明書都不是什麼精采絕倫的文章對吧？儘管如此，只要有「想運作剛買的滾筒式洗脫烘衣機」這一個明確的欲望，人們就會開始閱讀說明書，尋找寫有必要關鍵字的頁面。

因此，獲得讀者的文章不在於文筆有多好或是多優美，而是具備**「滿足你欲望的內容就在這裡！」**這種強烈的吸引力。

而吸引力的源頭，就是掀起讀者內心波瀾的欲望。

想了解、想學習的興趣；希望消除煩惱的心情；不想吃虧，想獲得好處的心聲；期待有人認同的心理。

只要在文章各處放入與這些欲望相關的觸發器，你的文章就會搖身一變，引起讀者一讀的興趣。

讀者的心理活動變化如下：

文章中散布吸引人的關鍵字↓讀者發現關鍵字↓想讀讀看

也就是說，觀察讀者，在文章中埋入讀者想閱讀的內容（＝觸動欲望的文字）做為觸發器，正是讀心文章術真正的本領。

我將藏有人類強烈欲望的事物大致分成七個領域。

只要將與這七個領域相關的文字設為觸發器，你的文章就有很大的機率能夠收獲讀者，打動人心，並且隨心所欲地誘導對方。看著我列出的觸發器，你或許會覺得「沒什麼新鮮感……」。

不過，這些就夠了。

因為，這七個觸發器是人類自誕生以來便一直觸動我們內心的欲望。當然，實際在寫文章時，不需要全都用上，只要根據狀況、條件和目的，組合幾種觸發器，就能牢牢捉住讀者的心，引導對方按照我們的心意行動。

七個觸發器

觸發器 1：興趣

人類討厭無聊，會為了熱衷的事情而忘記時間。
只要一觸碰到興趣，就會自己行動。

觸發器 2：真心與表面

人類的生活往來中充滿了真心話與表面話。
兩者的夾縫之間，蘊含著能夠驅使人行動的能量。

觸發器 3：煩惱

人類會想消除自己的煩惱與糾結。
只要知道能夠解決煩惱，必然會行動。

觸發器 4：損失與獲利

比起「獲利」，人類「不想要吃虧」的心理更強烈。
只要給予安全感，保證「不會吃虧！」的話，更容易促使對方行動。

觸發器 5：大家一起

人類會迴避從所屬群體中落單的狀態。
此外，容易受到與自己擁有共同點的人的影響。

觸發器 6：想獲得認同

人類若沒有獲得認同便無法生存。
一個人的自尊心只要受到文章刺激，就會積極閱讀下去。

觸發器 7：專屬感

一旦擁有的東西即將消失時，人類就會產生強烈的渴望。此外，也希望獲得獨一無二的專屬待遇。

觸發器 1 興趣

第一個觸發器是「興趣」。讀心師即使和初次見面的人談話，也能運用一種叫做**「冷讀術」**的手法，掌握對方的興趣。然而，這是一門相當高的技巧，必須學習諸多理論，透過不斷練習才能習得。

我這樣寫，應該有人會覺得很麻煩吧。

不過，請不用擔心。因為，在寫作的場合裡，**探索對方興趣的方式遠比對話簡單多了**。

如果你已經與目標讀者通過多次電子郵件，那麼，那些信件裡應該有著沉睡的寶藏。**如果你們聊過私人話題，像是最近去過什麼地方、吃過什麼食物、看了哪部劇的話，這些內容便已經直接呈現對方感興趣的方向**。

即使彼此只是工作上的關係，信件往來都是公事聯絡，也能從用字遣詞和對案子的觀點看出對方的個性。

此外，我們也能稍微拉近距離，觀察對方。

例如，在業務往來信件的最後加上「P.S.」問對方：「我下次打算在貴公司附近吃午餐，您有沒有推薦的店家呢？」應該不可能沒有回音吧？

回信的答覆是義大利餐廳？日式定食老店？還是以午餐盤為賣點的咖啡廳？就算只是簡單的一行字，也能窺見對方的喜好。

不需大張旗鼓、一本正經地擺出「我要尋找對方興趣！」的姿態，只要以輕鬆的心情從身邊的事物開始就可以了。第一步就是，**重新檢視往來的信件紀錄。**

■只要滑手機三分鐘，就能完全掌握對方興趣

話雖如此，有時候也會沒有信件紀錄可以參考吧？

碰到這種情況該如何調查呢？

雖然沒有信件往來紀錄乍看之下是個難題，但事實上，觀察一個人變得一年比一年容易。

這全拜**社群平台發達之賜**。

接下來準備寄信的對象、即將提出企劃案的主管、打算提案的客戶、剛認識的異性、交往沒多久的男女朋友……這是一個只要知道名字，就能查到許多資訊的時代。而且，人們在社群平台上提供的資訊不只有文字，很多時候甚至還上傳了照片。**這個人會露出自己的臉嗎？還是會分享玩偶娃娃或風景之類的照片？**身邊的朋友是哪種類型？

如果特地上傳兩人或三人合照的話，那麼同框者應該是對方感情非常好的朋友。由於**人們會接近和自己有共通點的人**，所以查看那些朋友的社群平台也能獲取更深入的情報。

如果，今後會成為目標讀者的人有使用社群平台，便能追溯他們的過去。僅僅只是觀察社群平台，就能馬上了解一個人的興趣變化和現在感興趣的內容。像這樣**事先觀察對象、蒐集情報的方式叫做「熱讀術」**。

假設，現在要邀請有好感的對象吃飯，是直接傳訊息問對方：「下次要不要一起去吃飯？」或是事先在社群平台上看到對方發文說「好想吃披薩」後，才寫訊息邀約：

○「我最近發現一家窯烤披薩店的拿坡里披薩很Q彈，要不要一起去呢？」

毫無疑問是後者比較能打動人。

這是因為，前者只是表達了你的期望，後者卻滿足了對方的興趣。若問何者比較能讓人產生「去看看」的念頭，當然是有興趣的那方吧。透過名為熱讀術的調查了解對方的興趣，並在文章中埋入「興趣」觸發器，只要按下開關，就能打動人心。

POINT

藉由社群平台熱讀術分析對方感興趣的事，以此為起點發展文章。

觸發器 2 眞心與表面

薪水雖然少，但因為資歷淺，所以工作到很晚也無法抱怨**（表面）**。另一方面，卻打從心底不爽主管，立志要「升遷超越他」**（真心）**。為了買房省吃儉用，腳踏實地存錢**（表面）**，可是，偶爾也想要散散心，轉換心情**（真心）**。

無論在公司還是家裡，每個人都是一邊注意維持著表面話，一邊壓抑真心話度日……也經常視情況時而搬出表面話、時而吐露真心。其中蘊含的，便是**在理想（期望這麼做）和現實（應該這麼做）夾縫中擺盪的情感**。兩者間的落差越大，越會轉換成促使一個人採取行動的強大能量。

「真心與表面」就是運用這個道理成為打動人心的觸發器。

此時，最能引人上鉤的，就是人們心中「希望表面狀態獲得認同」的欲望。

接著，**只要看穿對方隱藏在心中真正的想法，予以認同，對方就會打從心底相信願意認同自己的人，並願意吐露真心話**。

例如，部門裡有位同事無法拒絕主管丟給他的大量工作，每天加班，總是搭最後一班車回家，忙得幾乎喘不過氣。

此時，如果你這麼對他說，他會有什麼反應呢？

×

「最近什麼事都落在你身上，似乎很辛苦呢。平常就算回絕一、兩件工作，看你這麼忙，也不會有人抱怨的。我真的很佩服你。」

○

「最近真的辛苦你了。**我以前也曾經陷入同樣的狀態，每天搭末班車回家，整個人幾乎被榨乾。**老實說，當時的我真的覺得已經夠了，想要拒絕那些工作，但無法拒絕就是上班族的辛酸吧。如果有我能幫上忙的地方，可以MAIL給我，不用客氣。」

對方如果收到前者那樣的訊息，應該會回你：「謝謝你為我擔心。」

然而，那只是表面話，他可能會在心裡苦笑，將「我受夠了。」、「佩服我的話，就幫我做一半的工作啊。」這些真心話藏起來。

也就是說，對方用場面話應付你，無法吐露真心，心裡變得更加痛苦。

此時，就是「真心與表面」觸發器出場的時候了。

如果你選用後者那樣的表達方式，**應該會一下子拉近兩人的距離**。

重點在於，推測對方的真心，揭開表面狀態，給予認同。

表面：現實應該這麼做＝主管丟過來的工作只能接受。

真心：理想期望這麼做＝想拒絕接二連三落到自己頭上的工作。看穿對方在兩者夾縫中擺盪的心情，同理對方，表達自己非常明白他的感受，並提出幫忙的建議。

姑且不論是否真的能幫得上忙，光是踏出這一步，就會令對方覺得你是個

「好人」，是個「值得信賴的人」。

揭開一個人的表面面紗，指出他的真實狀態並給予認同，告訴對方「這樣就好」，將成為驅使一個人行動的力量，而且這股力量之強，不分男女老少，就像刻在人類的基因裡一樣。

藉由這種方式，**你和對方或許會變得親近，發展成少數能夠互吐苦水的關係**吧。

這裡要注意的是，在切入真心話前，不能忘記提及表面狀態。

後者的例文以「**我以前也曾經陷入同樣的狀態，每天搭末班車回家，整個人幾乎被榨乾**」起頭，上班族就算辛苦也無法說出口。有沒有這句話，共鳴程度截然不同。

這句話展現了自己的真心，不但提高了整體文章的說服力，也讓知道這件事的讀者產生信任感。

在這個基礎上，承認對方「想拒絕也拒絕不了」的表面狀態，同時同理他表面之下的真心。如此一來，便能在對方心中激起「你懂我這份搖擺的心情！」的漣漪。

只是看穿對方的真心話還不夠。

唯有連同表面一起看穿，才能夠強烈打動人心。

關鍵是，想像讀者心中那條真心與表面的界線。

動筆寫文章時，不是將腦海中的文字直接輸出，而是要思考哪些用字遣詞才能撩撥讀者的心弦。

這個步驟，**將決定文章的結果**。

POINT

真心（理想）與表面（現實）之間的落差，
存在著能夠動搖人心的能量。
讓讀者察覺自己的理想，按下促使他們行動的開關吧。

觸發器 3 煩惱

只要打開報章雜誌或網站，下面這類廣告文案便會大量映入眼簾：

「瘦了七公斤後，我的人生改變了。我沒運動，而是做了這幾件事……」

「找工作第三年，若說自己『有哪裡改變』的話……」

「換工作後，平均年收增加五六．七萬圓。」

「你知道嗎？晚婚的離婚率最高。零失敗的擇偶方法……」

這些文案分別與「減肥＝健康煩惱」、「換工作＝未來（夢想）的煩惱」、「年收＝金錢煩惱」、「結婚＝人際關係煩惱」有關。

先不論廣告文案寫得好不好，懷抱各式各樣煩惱的讀者在看到這些文案後內心已被觸動，進而**產生「接著讀下去吧」、「點開來看看吧」的想法**。

因為期待文章中有某種能夠解決自己煩惱的「方法」而忍不住上鉤。換句話說，**「煩惱」就是打動人心的一大誘餌**。

只要你的文章能精準擊中讀者的煩惱，就能賣出商品、取得同意、瞬間拉近與另一個人的距離。

■用四個字母代表煩惱，讀心師的靈感筆記

而且，人類的煩惱有一定的分類，很容易就能看穿。

如同漫畫中介紹的那樣，我根據讀心師的經驗，認為**人類有九成的煩惱可以歸納、分類在「HARM」這四個字母中**。

「H」是「HEALTH」，健康。減肥、外貌改變、疾病、老化等等，所有跟身心健康有關的內容都包含在內。

「A」是「AMBITION」，意思是志願、抱負，這裡解釋為「將來的夢想」和「想實現的願望」。也包含了理想的工作、期待出人頭地等願望。

「R」是「RELATION」，人際關係。公司的人際關係、朋友、認識的人、男女朋友、結婚、離婚也包含在內。

「M」是「MONEY」，也就是跟金錢相關的煩惱。收入的增減、借貸、退休金、投資，以及買房等大筆金額的購物。

只要將「HARM」與**「世代」**結合在一起，就能像算命師般讓對方發出**「咦？你怎麼知道我正在煩惱這件事?!」**的驚嘆。因為，只要知道一個人的年齡，幾乎就能正確猜到他的煩惱。

例如，「H」這個健康的煩惱。

十幾歲的人的煩惱大部分都著重於減肥、身高、皮膚狀態等圍繞著外表的主題。那麼，二十歲後會有什麼改變呢？此時，工作或其他壓力引起的身體不適、肩頸僵硬、腰痛等問題將逐漸增加。

三十歲後，女性進入了認真考慮生小孩的年齡，男性也面臨了體力衰退、掉髮、肥胖等困擾，對運動健身和健康食品會更有興趣。四十歲後，擔心內科方面疾病的人增加，大家開始注意癌症險與其他相關的產品。

接著，五、六十歲正是煩惱重心都在健康議題上的世代。與年輕時相比，閒聊的開場白已變成「最近身體哪裡哪裡有問題……」還有人開始遭醫生下令控制飲食中的鹽分或糖分。有住院經驗的人增加了，不管願不願意，都越來越關注身體。

一旦進入七、八十歲，人們將更關心「離世規劃」的問題，將死亡視為不遠的事。

也就是說，即使同樣都以健康議題為誘餌，還是必須根據不同世代稍微改變用詞。

「M（金錢）」的煩惱，情況則又不一樣了。二十、三十、四十、五十歲的金錢煩惱有什麼不同呢？

二十幾歲的金錢煩惱就某方面而言很單純，即「怎麼做，才可以增加能夠運用在自己身上的金錢呢？」而這些錢也多半花在休閒活動上。

三十歲後，金錢的用途逐漸向工作偏移，像是提升職涯競爭力的自我投資等等。此外，結婚基金和置產也成為重要的議題。

四十幾歲的人開始面臨房貸、小孩教育金等更大筆金錢的煩惱；五十歲後，則開始注意退休後的資金等話題。金錢煩惱的變化呈現出一種趨勢：原本聚焦在自己身上的「金錢」，隨著年齡增長逐漸往配偶和家人身上移動，最後又回歸到自己身上。

對於這樣的變化，我們可以**提出假設、加以驗證，再進一步實踐**。

關於不同世代的煩惱，除了官方國民生活基礎調查外，還有各式各樣的統計資料。大家可以運用網路搜尋，善用這些資訊。

POINT

光是知道年齡，就能大致分辨人類的煩惱。看穿讀者的煩惱，在文章中顯示解決之道，誘導讀者前往我們期望的方向吧。

觸發器 4 損失與獲利

「學生換機免費！」

「原價一百萬圓，每一百人將抽出兩名幸運兒免費贈送！」

「不滿意，無條件全額退費。」

你是不是也曾看過這樣的廣告宣傳呢？

這世界上，只有極少數的人會「討厭免費」。大部分的人會被「免費！」兩個字吸引的背後，是**「損失造成的影響比獲利更大」**這種全人類共通的心理。

換句話說，我們是一種覺得損失五千圓比獲得五千圓感受更強烈的生物。

以行為經濟學取得諾貝爾獎的丹尼爾・康納曼（DANIEL KAHNEMAN）做的一連串實驗也顯示，人類在**「遭受損失時感受到的痛苦」**大於**「獲得利益時的喜悅」**。所以，只要得知可以規避損失，我們就會產生一種賺到的心情。市面上各種免費優惠，利用的就是這種心理作用。

這種手法叫做「風險逆轉」，也就是將顧客在購買高單價商品時所承擔的風險逆轉到賣方身上，故而得名。

利用「免費」和「保證退費」等說法，消除顧客害怕買了以後會吃虧的心理，並連結到購買行為上。

只要顧客實際上沒有退貨，賣方就不需要退費，正是單純靠文字的力量就讓顧客的內心傾向購買。這種利用風險逆轉，「用免費取得顧客安心」的優惠手法應用在寫作上，就是接下來要介紹的觸發器，「損失與獲利」。

■福利品為何吸引人？

「損失與獲利」是什麼意思呢？請從下面這個例子感受看看。

你正在看購物網站，打算買台新的數位單眼相機，好不容易找到價格可以接受的商品，但比較兩個網站後發現，它們的商品介紹不一樣。

✕ 「高畫質小相機，絕佳防震效果，拍攝孩子運動會的最佳選擇。」

○ 「**這台相機的價格或許不是最便宜的**，但畫質高、體積小、攜帶方便、擁有絕佳防震效果，是拍攝孩子運動會的最佳選擇。」

你會比較相信哪一個購物網站的介紹呢？

「損失與獲利」也是一門運用說服手法的技巧，**在心理學中稱做雙面提示和片面提示**。

雙面提示是將優點和缺點一併傳達出去。

片面提示則只是傳達優點。

例如，有位顧客來到櫃上表示「我想看這台數位相機！」向顧客滔滔不絕地推薦「這是台高畫質小相機，擁有絕佳防震效果，是拍攝孩子運動會的最佳選擇。」、「現在買的話，可以算便宜一點！」就是片面提示。換句話說，即一種只強調好處，鼓吹對方意願的方法。

不過，**如果對方說的都是優點，又會讓人忍不住懷疑「真的有這麼好嗎？」**

網路上經常可以看到那種沒有說明風險、輕鬆獲利的可疑投資分享或其他類似缺乏可信度的文章吧？

關於這點，雙面提示則是同時傳達一件事好的一面與壞的一面，藉此讓心存懷疑、個性謹慎的顧客或是具備該商品相關知識的顧客產生信任。

由於傳達了商品的缺點，**顧客不但會願意相信我們，還能接受「原來這個部分有缺陷」**。讓顧客在了解商品缺點的基礎上做判斷，他們不但會滿意自己的決定，還會開心地買下商品。

網路購物平台上深受消費者歡迎的**「福利品」**之所以會熱銷，靠的正是這種雙面提示的文案。

「因為有這樣的問題，所以外觀受損，但便宜又好吃。」

「因為有這樣的問題，所以量比一般多，買到賺到。」

福利品就是展示損失與獲利的兩種面向以吸引顧客。

此外，損失與獲利這個**「順序」**也是有意義的。

先提出損失，再傳達獲利。採取雙面提示時順序很重要，**先提供負面資訊，再傳達正面資訊**。

如果最後才說負面訊息，不管怎樣都會在對方心裡留下強烈的消極印象。如此一來，無論前面提過多少優點，對方都不會心動。所以請反過來，一開始先輕描淡寫地列出缺點，最後再以超越缺點的優點作結。

基本上就是告訴對方：**「雖然這部分是缺點，但也有這樣的優點！」**

最後表達優點，會產生一種叫做「近因效應」的作用，在對方心裡留下深刻的積極印象。

POINT

坦承缺點可以獲得信賴。
文章最後請以超越缺點的優點作結。

觸發器 5 大家一起

「你還沒換智慧型手機嗎？」

「已經有一百萬人體驗。」

「同期的○○○已經開始囉。」

第五個觸發器是「**大家一起**」。

「大家一起」換成社會心理學名詞的話，就是「**社會認同**」。

社會認同聽起來好像很嚴肅，但簡單來說，就是用「**大家都在做的事就是正確的事**」這種感覺，成為驅使人採取行動的強力觸發器。

那個APP，
大家都有下載喔。
我是不是也要下載一下……

各種社會心理學實驗已經證實，人類在猶疑不定或是陷入未知的狀況時，會想觀察周圍的其他人，採取相同的行動。文章中利用這種心理做為觸發器時，想請大家注意的是，**讀者希望歸屬於哪個族群，和哪個族群在一起**。

以「美魔女」一詞為例。

這是個現代新發明的詞彙，蘊含了女人即使年紀增長也想維持美貌的心情，獲得了感受到其文字意義的女性同胞支持。

想歸屬於某個族群的人，在遇見與自身情況相符的詞彙時便會聚集而來，這也是「大家一起」的力量。

如果將這種思路運用在商業上，就能用下面這種方式行銷：

假設現在要銷售一款新的天然氣泡水，第一步就是要調查平常會買天然氣泡水來喝的人。這些人有什麼喜好？屬於哪一種族群？和新發售的天然氣泡水目標客群間有沒有共通點？

如果連結到美魔女的話，除了強調氣泡水中的碳酸成分可以促進血液循環，保持肌膚健康之外，再同時附上名媛貴婦就算喝氣泡水，也都是喝天然氣泡水的資訊。

○「『水』，就是名媛貴婦常保肌膚光澤的祕密。」

只要推出這樣的廣告文案，應該就能直擊目標客群的心房。

在代表煩惱的「HARM」裡，世代很重要，而「大家一起」的關鍵則在於觀察對象想與誰在一起的**「憧憬」**，與現在跟誰在一起的**「共通點」**。

因為，人類非常恐懼只有自己跟不上群體，所以更容易受到與自己「相近的人」的影響。

■激發人產生置產念頭的有效方法

以相同手法來說的話，**「○○%的人都○○○」**這種寫法，也是「大家一起」這個觸發器經常使用的殺手級標語。

請各位也在這裡試著用「大家一起」當觸發器，想出一句文案吧。題目是房屋廣告。

限制時間三分鐘，請開始。

我們先看一個差強人意的例子：

×

「三十歲後，差不多該買自己的房子了吧？」

如果是我的話，會這樣寫：

○

「你知道嗎？現在三十多歲的人當中，有40％的人已經買房了。」

40％是實際的統計數字。

同世代的人當中已經有四成的人購屋，「四成」這個實際數據，應該會讓曾經考慮過買房的人產生「糟糕……我也要買」的念頭吧。

也就是說，對於正在考慮購屋的族群而言，同世代中有高達四成的人已經付諸行動的事實，將成為強大的觸發器。

運用「大家一起」寫文章的重點在於，觀察世代和族群，搶先一步提出觸動他們的句子。

POINT

力求透過文字訊息連結讀者想歸屬的族群（憧憬）和目前隸屬的族群（共通點）。

觸發器 6 想獲得認同

收到別人稱讚、得到認同、獲得好評，都是令人開心的事吧？這是因為我們心中的**「尊重需求」**獲得了滿足。

「想獲得認同」的觸發器，利用的就是這股強烈的情緒。

使用時的重點是，在文章中放入「認同對方的措詞」。

光是傳達「我覺得你這一點很厲害」，就能瞬間捉住對方的心。

老實說，想要隨心所欲控制主管，這是最有效的方法。

舉例來說，假設你（課長）帶公司的後輩去喝酒。

隔天早上，收到了這名年輕後輩寄來的感謝信。

下面哪一種寫法會打動你的心呢？

×「課長，昨天晚上真的很開心，實在太感謝您了。日後還要再請您多多指教。」

○「課長，昨天謝謝您撥出時間和我談話。**其實，我還是第一次去那麼高級的酒吧喝酒。**日後還要再請您多多指教。」

雖然兩種寫法都不會惹人反感，但打動人心的應該是後者吧？

因為後者的信件中，加入了刺激「想獲得認同」欲望的殺手鐧——**「我還是第一次！」**

年輕後輩的「第一次」中，蘊含了**「課長知道那麼高級的酒吧，好厲害！」**、**「平常都去那種店喝酒的課長好帥。」**、**「我很崇拜課長。」**等諸多「認同你」的要素。

和客戶高層去打高爾夫球獲得某些建議時，你可以說：**「您是第一個告訴我這個重點的人，改變了我的揮桿。」**或是聚餐時，聽到公司前輩大談公司成長期的趣事，可以說：**「我第一次聽說！」**、**「原來草創期支撐公司的，是〇〇部門啊，我對公司的看法不一樣了。」**

相反的，如果年輕人告訴你最近在流行什麼的話，就說：**「我第一次聽到呢，以後再跟我說說其他的。」**或是**「年輕人的想法讓我刮目相看耶。」**無論對方幾歲，「第一次」和「改變了我～」都會刺激「想獲得認同」的欲望。

這兩句話是永遠不變的殺手鐧。

POINT

在文章中加入「第一次」和「改變了我～」，觸動對方的尊重需求吧。

如此一來，對方也會欣然行動。

觸發器 7 專屬感

○

「**因為是您**，我才說的……」

「這個消息，**請幫我保密**。」

「**這是專屬於看到這則訊息的人才有的**機會。」

這三個例子，都使用了第七個觸發器「專屬感」。人們對這樣的設定沒有抵抗力，很快就會被打動。

像這樣，只要寫下「專門為了你而準備」一類的句子，再加上**稀少性（數量稀少、珍貴）**，就是最強大的武器。

例如：只要在信件開頭寫一句「**我只先跟您說喔（特別感）**」，結尾再放上「**這件事我還沒向經理報告，請幫我保密（稀少性）**」，無論內容如何，這封信都會令人覺得彌足珍貴。

因為，信中除了「專屬感」外，還提供了**「限定」的資訊**。

當本該存在或是原本擁有的事物即將消失時，人類的內心就會受到鼓動。商場上有許多實例，像是**「限定販售」**、**「庫存稀少」**、**「本日限定」**等限定行銷策略，或是儘管再暢銷也不會大量生產，以藉此提高商品價值的名牌精品，這都是看準了人類的這種心理。

在文章中落實這種技巧時，像前面提到的「這件事我還沒向經理報告，請幫我保密」那樣，告訴對方知道資訊的人有限，就是非常高明的寫法。

心動
雖然「限定商品」的稀有性能夠提高購買欲，
加速
心跳
但「只告訴你」這種限定的資訊，也非常有魅力喔。

銷售信函的信件主旨如果出現這種文字，便會令人忍不住點開吧。

○ 「預購優惠通知：特賣會開賣七十二小時前半價。**本通知為非公開訊息，僅寄給於本店消費紀錄五次以上的特別貴賓，敬請保密。**」

不只是「專屬優惠」，**連訊息本身都是「唯你獨享」**，這樣的雙重限定，能以壓倒性的力量打動讀者的心。

POINT

原本存在的事物受到限制、規定後，會令人產生擁有的欲望。

原本擁有的事物逐漸消失的話，也會令人更想擁有。

第4章

接下來，只要遵循五個技巧來寫就好

居酒屋營業額下滑，食材進貨量銳減，
連帶對契約農家造成了嚴重的打擊。
INBACK
我得……
想個辦法才行！

鏘——鏘
在家中品嚐本店的美味！
我們推出外帶餐盒囉！
小花，妳看！我做的手繪海報！
後來，外帶餐盒立刻就大賣了呢。
好強的行動力！
我也會加油，大家一起創造更多成功案例吧！
這種時候，就是進入實踐文章術，一步步改進的循環了。
學習
實踐
驗證
要好好享受喔。
別把事情想得太嚴肅。
對了。

個人配送？
對，這次問卷中有好幾個人表示：
「如果超市可以買到這樣的蔬果就好了。」
所以才給了我靈感。
新鮮蔬果
配送
我們能不能開始提供個人配送呢？
這麼一來，也能擴大通路。
這個聲音……
很值得回應呢。
我們的課題就是，如何建立配送機制，以及如何銷售給個人消費者這兩點吧。

先從小地方開始，之後再來思考機制的問題吧。
是！
外帶餐盒全面九折
居酒屋的外帶餐盒做出了一定的成果。
外帶餐盒全面九折
這樣下去，就可以漸漸變成一個成功案例！
接下來，是否能從這裡為契約農家創造出穩定的個人訂單，
以及讓顧客連結到「想不斷訂購」的行為……

一切，就要看我的文章術了。
咬下
雖然這是我人生中前所未有的挑戰和壓力……
但就算是爲了那些契約農家，
我也一定要做出成果。
先找找類似的行銷成功案例吧。
我絕對要讓這個企劃成功！
轟隆隆隆！

幾天後──
原來如此，
所以，妳目前還沒找到成功案例啊。
嗯～～～～……
COFFE
該說是找不到呢……
還是我找的方法不對……
感覺身邊好像沒有那種案例……
噠 噠 噠 噠 噠
危機
加上每天都要持續寫文章，結果題材也用完了……
現在感覺就像是被一大群危機軍團追著跑一樣……

我一直都是這麼想的，
言語的力量，比飛身踢還要強上百倍、千倍。
畢竟，我為了增加粉絲，
除了「武」藝，在「文」才上也下了工夫。
砰
一個訊息，一個導向！
不說多餘的內容！
每天更新社群！
砰砰
是啊……我好想像你那樣，
擁有撼動人心的力量。
我下次也一定會勝利！！

妳如果還在煩惱的話，參考看看這個部落格吧。
文字能力會大幅提升喔。
那就是教我寫部落格的前輩喔。
哈哈。那我差不多該回去練習了。
我只是想跟妳說，謝謝妳來看比賽。
謝謝。
什麼啊～這種事，
用LINE說就可以啦？
……還有就是，

我喜歡妳。
什麼？

啊……畢竟我們認識這麼久了嘛。
我說的不是朋友的那種喜歡，而是把妳當成一個女人……
我喜歡妳。
我今天就是想說這件事。
COFFEE
COFFEE

什、什麼啊……
怦怦
突然……
怦怦
說……說那種話……
可是，為什麼會這麼……
怦怦
怦怦
在腦海中揮之不去呢……
啊！這是……

小川惠 官方網站
心靈
FIRE
今天是人生中最年輕
Profile
小川惠
惠前輩在部落格文章的最後，
總是用P.S.的方式寫一些最新消息，或是推薦等重要的內容。
P.S.
掌握最新美股情報了嗎？
有興趣的讀者歡迎來這裡看看！↓↓↓
https://ogawa.com/usakabu.manabou/
那些P.S.的補充，不知為何，總是令人印象深刻。
筆記 ①
「追加補充」非常有效！

悟也是用了這招吧……
還有就是，
我喜歡妳。
咳咳！
惠前輩的部落格裡，一定還有其他「打動人心的技巧」！
今天是人生中最年輕的一天
早安午安晚安！
今天也要讓心靈FIRE～～！！咚咚！！
讓我們一起開開心心學投資吧！
筆記 ②
開頭要正面積極！
惠前輩的部落格文章，從開頭就很正面積極，
所以讀者看了心情也會很高昂吧。

正面積極地開始後，一路正面積極到尾會顯得單調乏味，
所以，即使開頭正面積極，也要製造一個轉折低潮，這個模式非常有效呢。
或許會有讀者覺得「根本不可能辦到！」
但其實我也曾經歷過一段悲慘到不堪回首的日子……
當時，無論我怎麼挑戰，如何嘗試，
都無法做出成果，每天看著錢不斷減少、消失。
但希望大家記住一件事，
「登山最艱難的，就是抵達山頂前的那一段路！」
這個道理放在任何領域裡都適用。

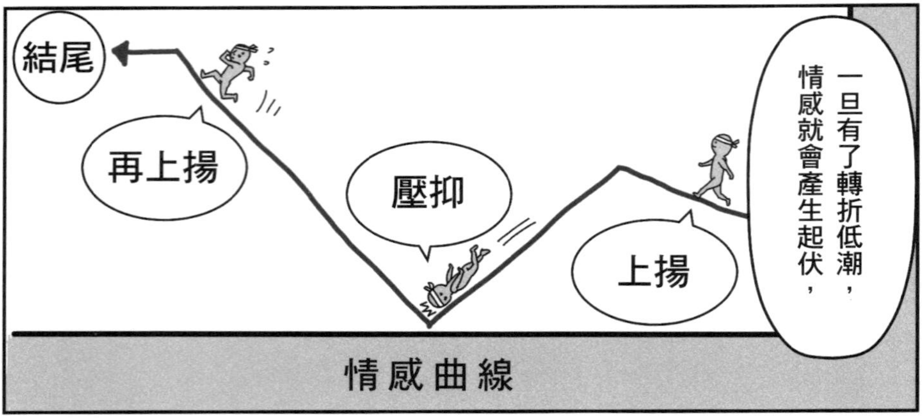
一旦有了轉折低潮，情感就會產生起伏，
上揚
壓抑
再上揚
結尾
情感曲線

感動也會因此變得更加深刻。
就是
這樣
筆記 ③
上揚，壓抑，
再上揚！

接著是，
資金準備好了嗎？
投資知識準備好了嗎？
最關鍵的是，你的心態準備好了嗎？
最重要的是，選擇手續費低的投資商品。
因為很重要，所以必須不斷提醒大家！
同一件事，惠前輩會改變措詞或說法，
反覆傳達。
投資知識
長期投資
選擇手續費低的投資商品
因爲很重要，
所以必須不斷提醒大家！
資金準備
這點令人印象非常深刻呢。
筆記 ④
變換詞彙，
反覆傳達！

打動人心的5個技巧

1. 「追加補充」非常有效！
2. 開頭要正面積極！
3. 上揚，壓抑，再上揚！
4. 變換詞彙，反覆傳達！
5. 對話般的語氣！

幾週後
我利用這五個技巧，
快速地處理了目標課題。
結果，不但公司業績向上修正，
新鮮蔬果配送
部落格的瀏覽數量也增加了好幾倍！
很棒啊！
真的很謝謝妳！
也就是說……
妳的目標暫時都達成了呢——

所有的目標。
對……應該說……
反而是這個人對我用了文章術……
太好了，恭喜妳。
這一切都是妳努力的回報。

聽我說，小花～這是我們家的新菜色，酥炸鮪魚。
我一定要讓大家都嚐嚐看。
首先，就在給顧客的小卡片上，
用「追加補充」的方式推薦吧！
好吃!!
原來如此！
交給我吧！
我一定會讓銷售數字向上攀升！
信心滿滿
謝謝。那就交給妳了！
全面九折
今後，應該還是會有各式各樣的課題在前方等著我吧。

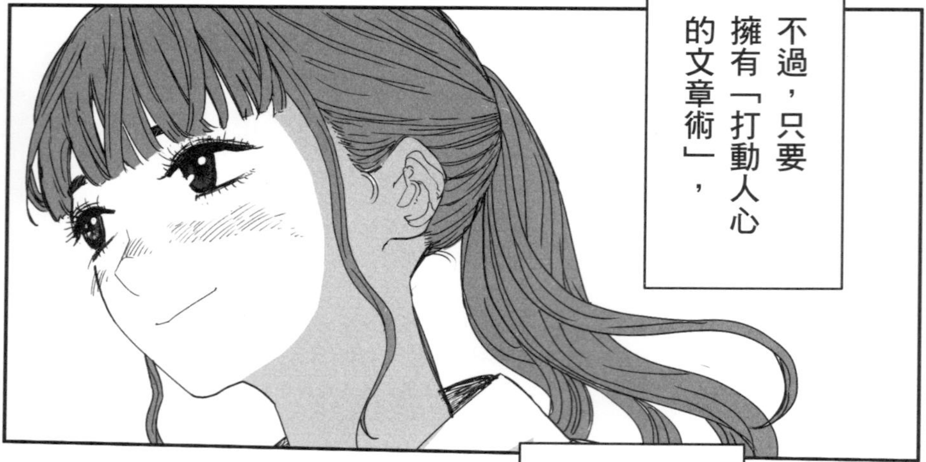
不過，只要
擁有「打動人心
的文章術」，

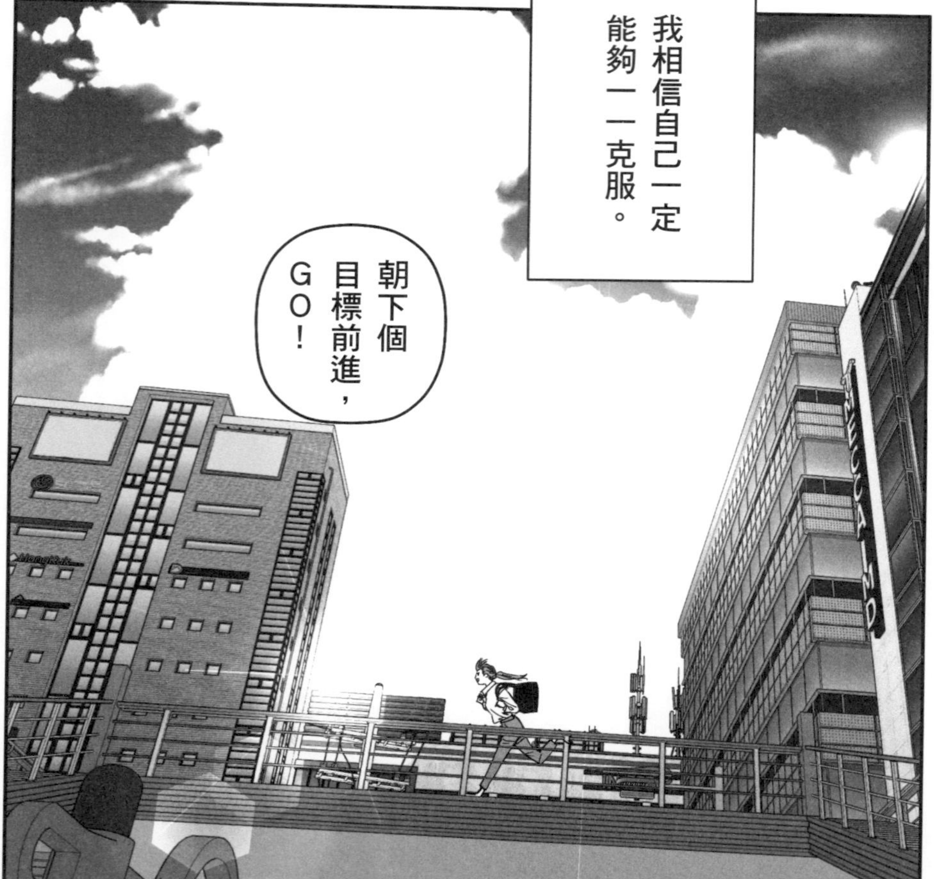
我相信自己一定
能夠一一克服。
朝下個
目標前進，
GO！

技巧1 追加補充

讓小花本業和副業成績直線上升的功臣，就是打動讀者內心的**文章範本——「五個技巧」**。

這五個技巧從短文到長文，可以應用在所有文章類型中。

當然，你不需要一次用上全部的技巧，即使只挑一個好納入的，也能發揮充分的效果。光是直接使用這些技巧，就能打動讀者的心。

那麼，事不宜遲，我們馬上就從第一個技巧開始介紹吧。

其實，**所有文章中最引人注目、最令人印象深刻的，就是追加補充的部分**。

在有如複製貼上般的制式業務往來信件裡，就算只是在最後署名前加上一句「上次的事，辛苦你了。」、「週末要不要一起去喝一杯？」、「有件事想特別拜託你，一起喝杯茶如何？」整封信就會立刻有了溫度。

這是為什麼呢？答案的秘密就藏在某種效應裡。

雖然這麼問有些突兀，但你聽過**「蔡格尼克效應」**（ZEIGARNIK EFFECT）嗎？

蔡格尼克是一位前蘇聯的心理學家，因進行了一項人類的記憶實驗並得到驗證，故而在史上留名。

蔡格尼克證明了一種人腦的記憶機制，那就是**「相較於已經完成的工作，人類比較容易記得未完成，或是被打斷的工作。」**

簡單來說，就是**人們對「還有後續的事情」會留下更清楚的記憶**。

半途而廢的工作或功課、做到一半就先出門的家事、聯誼時認識，再差一步就能變得更親密的異性、關鍵時刻中斷，下週才會播出後續的連續劇……這些呈現「咦？不做不行」、「什麼！好令人介意」狀態的事物，令人更加無法忘懷。

心理學將這種現象或記憶機制稱為「蔡格尼克效應」，而第一個技巧「追加補充」，利用的就是這個效應。

■ 怎麼寫追加補充，才能讓對方牢記你的訊息？

人類的大腦某處，一定會持續思考尚未告一段落的工作或是還沒結束的話題。當你必須提出一些點子，像是思考企劃或是商品命名時，是不是也有過這樣的經驗呢？

明明工作時如何絞盡腦汁，開多少會都沒有靈感，卻在洗好澡的瞬間忽然靈光乍現。

這是因為**大腦會在下意識中持續思考這些問題**的緣故。想想看，如果你能透過文章，將真正想傳達的內容一直留在對方腦海中的話，會怎麼樣呢？

那應該非常驚人吧？對方即使在工作，腦袋裡也一直持續在思考你的提案、希望、願望或邀約。如此一來，大部分的事情便都能如你所願，而能做到這點的，就是「追加補充」。

寫追加補充時，基本上，請想像在信件或是電子郵件最後附上短文的感覺，這個技巧同時也能運用在企劃案或報告書上。

此時，希望大家注意兩個重點。

首先，**追加補充前面的內容必須完整告一段落**。這是為了讓讀者在看完訊息的瞬間能重置大腦，保持思緒清爽。老實說，正文就像是進入主題前的引言，就算讀者迅速讀過去，看漏什麼也無妨。因為，追加補充才是關鍵。

第二，在追加補充的短文中製造高潮。不是什麼內容寫在最後就都能令對方記住，最好能有些令人留下印象的小巧思。

請像下面的例文這樣，在「追加補充」中，**寫下你想傳達的「願望」或想讓對方「採取的行動」**吧。

那些P.S.的補充，
不知為何，
總是令人
印象深刻。
筆記①
「追加補充」
非常有效！

「其實，有件事想特別向熟悉餐飲經營的您請教，下次開會時，能否稍微撥一點時間給我呢？」

◯

「經理，聽說您的兒子喜歡妖怪手錶，所以我準備了一個他應該會喜歡的禮物！下次見面時再拿給您吧！」

使用稍後將介紹的「上揚，壓抑，再上揚」技巧觸動讀者的情緒後，再於「追加補充」裡放入我們的願望，帶到下一次的見面，效果會更好。

POINT

文章中，人們最會看的內容是P.S.（追加補充）。

做到一半的工作、電影或連續劇的預告……

越是沒有完結的資訊，人們越無法忘懷。

COLUMN 2

從「下方」開始寫電子郵件

你知道電子郵件的「正確寫法」嗎？電子郵件中，最能傳遞訊息的，就是「追加補充（P.S.）」裡的內容。所以，要在這裡寫下你真正想寫的訊息，也就是說，在追加補充裡寫下希望對方採取何種行動的「願望」。

如果想「拉近對方的距離」，就在追加補充中以軟性的文字表達感謝或喜悅。尤其是在正文很難放入感性言詞的商業信件中利用這個方法，更能製造落差，效果十足（左圖上）。

若希望對方「來參加展示會或說明會」，在補充中放入具備稀少性或專屬獨享的資訊，便能促使讀者採取行動（左圖中）。

若目標是「推銷商品」的話，「追加補充」便可以這樣寫（左圖下）。

首先，在「追加補充」裡直接寫下自己的願望

P.S. 前幾天，我終於忍不住前往您推薦的燒肉店。 雖然我還是個燒肉新手，但那個牛五花！重新改寫了我心目中的美味排行榜！！現在終於知道為什麼大家都說您對美食餐廳很有研究了，果然名不虛傳！
P.S. 距離說明會還有三天。關於您的專屬方案，我在確認條件後，發現還能再給您八折的優惠，活動當日再直接向您說明詳細的情形。那麼，期待與您見面！
P.S. 本次特賣期間，部分商品不屬於折扣對象。但由於您在本店擁有超過五次的消費紀錄，可享有全商品列入優惠的專屬禮遇，敬請把握機會，千萬別錯過這划算的一週喔！

寫信時，先思考、決定「希望對方做什麼事？」、「採取什麼行動？」歸納進「追加補充」後再開始下筆。

只要知道這條規則，電子郵件的寫法就會截然不同。

若想寫出觸動人心的電子郵件，就要**從「下方」開始寫**。

意思就是，必須先決定**「追加補充」中的原始目標內容，寫好後，再思考整封信的走向**。這才是電子郵件正確的書寫順序。

■開頭前三行是郵件「正文」的重點

決定好「追加補充」的內容後，接下來應該處理的部分就是「正文」。

正文的重點在於前三行，請將必要資訊全部放在這三行中。換句話說，最理想的架構是，讀者只要看了這三行和「追加補充」，就能完全明白你想傳達的訊息。因為，**太長的信件令人敬謝不敏**。

這三行要涵蓋兩點：「開場正面」的問候語以及具體的「事項」。

完成追加補充後，在「正文」中寫入具體的事項或資訊

早安！
關於前幾天的案子，經理已經同意了。不知是否能在明天或後天挑個您方便的時間碰面，進一步討論細節呢？

⇧

P.S.
前幾天，我終於忍不住前往您推薦的燒肉店。
雖然我還是個燒肉新手，但那個牛五花！重新改寫了我心目中的美味排行榜！！現在終於知道為什麼大家都說您對美食餐廳很有研究了，果然名不虛傳！

〇〇的新聞發布後，〇〇業界呈現一片活絡。
本公司也將於〇月〇日〇點，於〇〇會場舉辦〇〇說明會。本次特別為您準備了專屬方案，期待您的蒞臨。

⇧

P.S.
距離說明會還有三天。關於您的專屬方案，我在確認條件後，發現還能再給您八折的優惠，活動當日再直接向您說明詳細的情形。那麼，期待與您見面！

用這種感覺，在正文中傳達全部的訊息。此時的重點是，將正文導向「追加補充」的內容。正文的目標是傳遞資訊，「追加補充」的任務是交流情感。

「上次那個案子有積極推進啊，〇〇負責人做事真有效率。咦？之前說的那間燒肉店他也已經去了嗎？真開心。」

「原來那場說明會的時間就快到了。可是，我有時間嗎？哇……竟然還先幫我確認了專屬方案，是不是該去看看呢？」

「喔！原來特賣會要開始啦，差不多也該買春天的衣服了，去看看吧。而且，高級會員還能享有全商品折扣，感覺不錯耶。」

因為能夠想像出像這樣打動對方內心的過程，所以才能用一封電子郵件創造出情感的動線。

■信件的「主旨」要能看出寄件者是誰

最後，為整封信做總結的，則是**「標題、主旨」**。

即便我們打造了一條打動人心的精采動線，若對方沒有打開信件，也是徒勞無功。

所以，「標題、主旨」才會如此重要。什麼樣的信件主旨才會令人想點開呢？

使用簡短的文字引人注目，對方就會願意開信了嗎？

如果你平常是以「前幾天感謝您」、「承蒙您關照」這類的話語當做信件標題或主旨的話，**這是很有問題的，請改掉**。

假設，你現在打開了平日使用的電子郵件信箱。

收件匣裡是否充斥著大量標題相似的信件呢？

這些主旨相似的信件，若是在當天、當下處理，便可以知道寄件者是誰，但如果兩、三天一直沒打開的話，就連是誰寄的都搞不清了。

因此，希望你至少下點工夫，將自己的名字放入信件主旨中，例如「我是〇〇〇，前幾天感謝您」或是「承蒙您關照，我是〇〇〇」。

此外，如果和收件人間有過共同的體驗，可以用**「當時的〇〇〇，令人難以忘懷」**、**「您說的×××，令我大為感動」**等做為信件標題主旨，帶進只有你們彼此才知道的暗號。

如此一來，收件人一看到信件主旨，馬上就會知道**「是上次的那個人！」**

至於「感謝您」或是「承蒙您關照」寫在正文裡就夠了。

「主旨」的任務，是讓收件人閱讀接下來的「正文」。

如果發送資訊的對象是不特定的多數人，則可以使用強烈一點的話語。

像是**「你還不知道〇〇〇嗎？」**、**「三十多歲的人，每五人就有一人已經開始」**、**「真相就在這裡」**、**「最後機會」**等，這類稍微令人感到可疑的文字更能深深吸引他人的目光。

無論如何，最重要的是利用「主旨」勾起對方開信的欲望。反正一旦打開信件，我們幾乎不會再回去看標題或主旨了。信件主旨就像用來精心包裝禮物的緞帶和包裝紙，只要能讓對方收下時留下驚喜的強烈印象，便已達成任務。

這就是**從「下面」開始寫電子郵件**的方法：決定希望對方採取的行動，形塑正文應該閱讀的內容，最後整理出廣告文案般的主旨，吸引對方打開信件。

正因為是日常生活來往的電子郵件，因此只要學會這種寫法，便能大幅提升工作成效。

技巧 2 開頭要正面積極

「開頭要正面積極」。這裡說的開頭，也就是文章中所謂**「引人注意的開場白」**。

光是利用「開頭要正面積極」的技巧，以明快的筆調起頭，就能掌握讀者的心，令人產生想再繼續看下去的念頭。

動筆寫開頭時，不需要使用奇特的詞彙或出人意料的語句，只要將公式化的措詞換成稍微開朗一點的語感即可。

沒錯，例如可以這樣寫……

× 「辛苦了，關於前幾天的會議……」

○ **「早安！關於前幾天的會議……」**

× 「前幾天承蒙您關照，料理非常美味……」

○ **「感謝您前幾天帶給我前所未有的用餐體驗，我人生中第一次吃到以夏多布里昂製作的漢堡排。」**

像這樣將電郵的第一句話從「辛苦了」換成「早安！」或是將感謝函的開頭從「前幾天承蒙您關照」，改成「感謝您前幾天帶給我前所未有的用餐體驗」。

只要開頭語氣正面積極，**文章給人的第一印象也會改變**。

你平常寫的電子郵件，是不是用「辛苦了」為起頭呢？

不過，或許也有人會認為：「只是改變開頭，真的有效嗎？」但是，請大家想像一下這個場景：

你和一個素未謀面的人約好見面，那麼，這個人是面帶笑容，一邊和你握手一邊打招呼，還是雙手抱胸，面無表情地打招呼，給你的印象比較好呢？

不用說，一定是前者吧？「面帶笑容＝開朗，容易親近」、「面無表情＝心情不好？感覺很可怕」等等，我們對一個人瞬間感受到的第一印象，會持續影響到日後的相處。初次見面印象在心中留下的衝擊，比我們想像中的更為龐大。

這是因為，**「初始效應」**所產生的心理作用。

據說，初次見面的印象會在七秒鐘內決定，並持續半年之久。

文章的開頭也一樣。**一篇文章的開頭，就像是和讀者的初次見面**。

「『早安！』啊，這個人的信件感覺充滿活力呢。」

「『前所未有的用餐體驗』嗎？這樣約他約得很值得呢。」

有點不錯，有點開心，有點好奇。

僅僅能讓人產生這種心情，開場白就過關了。只要一開始能夠成功引起讀者的興趣，後續無論是工作報告也好，感謝的言語或是企劃內容也罷，對方都會覺得好像還不錯。

接著，面對因為「初始效應」而對我們文章懷抱好感的讀者，再繼續用一些稍微誇張的言詞表現正面情感，效果會更好。**「前所未有的體驗」**或是「因為您而改變了我的看法」這些說法雖然老套，卻能直接告訴對方：**「你對我影響深遠」**。

反之，沒有情緒波動，僅僅用一句「前幾天感謝您」就結束的文章，讀者只會隨意瀏覽，內心不會起任何波瀾。

是否能令讀者願意用心閱讀，一篇文章開頭的兩、三行是關鍵。

開頭要用正面積極的話語吸引讀者，融入感情，緊抓讀者的心。平常信件開頭習慣寫「前幾天承蒙關照」這種虛無縹緲話語的人，從今天起，改變寫法吧。

POINT

人們無法擺脫第一印象帶來的影響。
為了給人良好的印象，文章開頭要正面且詳細地描述自己的情感，或是彼此間的共同體驗。

技巧3 上揚，壓抑，再上揚！

「上揚，壓抑，再上揚」是一種賦予文章高低起伏，**製造戲劇張力的技巧**。

文章開場請按照第二個技巧「開頭要正面積極」，哄抬讀者的情緒。但就在讀者以為接下來會一路正面發展下去時，**於文章中間創造一個低谷**。利用負面資訊或令人不安的話語，使開場積極明快的文章出現轉折。

接著，在邁向尾聲時，寫下逆轉那些負面資訊或不安話語的內容，再次以高昂的筆調作結。

這麼做的目的不僅是為了賦予文章張力，也是為了在**刻意挑起讀者內心的不安後，再瞬間拉抬他們的情緒**。一度出現轉折的文章，比從頭開始就一路向上的寫法帶來更大的情緒起伏，創造更深刻的感動。

讀者閱讀文章時，如果心情就像坐雲霄飛車一樣，便會**對文章的「結論」更加興奮期待**。

其實，暢銷電影或小說的故事發展，大多是這種**「上揚，壓抑，再上揚」的結構**。因為，讀者或觀眾被挑起的不安與逆轉間的落差越大，越能撥弄他們的情緒。

即便開頭是愉快的邂逅，伴侶卻遭到病魔侵襲，主角重新審視死亡的意義後，再次振作。

開場先介紹個性散漫的偵探，接著描述主角捲入案件後面臨錯綜複雜的謎團，最後在偶然和幸運的幫助下精采破案。

這些故事大家應該都有種似曾相識的感覺吧？其中情節的發展就是反覆的「上揚，壓抑，再上揚」。也就是說，只要在你寫的信件、企劃案、情書中帶入相同的結構，就能一口氣打造出有故事性的文章。

■只是重新排序，就能讓你的文章產生戲劇性

例如，你要寫一篇文章，報告備受期待的新產品已經完成。

〇

「新產品的成果超乎預期！」（A）

「不過，誠如您所知，之前因部分重要零件的製作耽擱，影響了產品整體進度，交期比原先預定慢了三天。」（B）

「儘管如此，在前線工作人員拚命努力下，目前製程不但已經趕上進度，產品的設計和功能也都更勝其他公司一籌。預約訂單蜂擁而至，已超出原先預估的20％。敬請期待之後的產品發表會！」（C）

只要將例文中粗體的部分（B）遮起來讀讀看，應該就能感受到差異。

打造有戲劇性的文章時有三個具體的重點。

首先，將你認為現狀中最樂觀的狀況做為開場白的話題。

接著，坦承必須報告的負面狀況。讀者雖然會因此感到不安，但你再立刻呈現針對這個負面情況的處置和解決之道。

最後，再用引導出的正面結果收尾。

在面臨「這件事可能有點難開口」、「如果回報這個消息，對方可能不會有好臉色」，希望盡可能讓事情平穩收場的狀況時，這個技巧也能發揮作用。

寫法很簡單。就是將難以啟齒的內容放在正面積極的開頭與可能的解決方法中間。這招除了公事，也可以用在私人場合。

例如，臨時有工作，必須取消週末的計畫時：

「這一季雖然忙碌，但公司因為出現了久違的熱門產品，不但整體氣氛很好，感覺也有機會拿到獎金。」（A）

「不過，下週末我變得無論如何都得待在現場才行，沒辦法一起去迪士尼樂園了。你明明那麼期待，結果卻是這樣，真的很抱歉。」（B）

○

「為了補償這次失約，等領到獎金後，我們去住迪士尼的飯店，悠哉地享受一番吧！看，我已經預約好飯店和門票了（附上預約畫面之類的截圖）。」（C）

重點不是強調自己的辛苦，而是想像對方的立場，發展文章情節。

絕對不能透露出像是「突然有工作，我也很遺憾」、「這不是我的錯」的情緒，文章情節要按照預期讀者的心情變化推展。

因為，如果是為了正當化自己的行為，就算使用這個技巧，也無法取得對方的共鳴。

畢竟，文章「上揚，壓抑，再上揚」的，自始至終是讀者的情感。

POINT

劇本需要危機。

讀者的情感起伏越大，文章的能量越強。

技巧4 不斷重複

第四個文章技巧是「不斷重複」。

顧名思義，**就是變換詞彙，在文章中不斷重複表達同樣的「概念」和「情感」**。重複表達「概念」和「情感」會產生的變化，就是**大幅提升文章的說服力**。

我先介紹一封善用這項「重複」技巧的商業信件為範例吧，這是一場投資說明會的邀請函。

> ○○○您好：
> 不知您11月19日（一）是否有空呢？
> 最近適逢季節交替，氣溫變化大，小心不要感冒了。說到這個，上次

見面時，聽您說起兒子已經上小學了，您說他跑步非常快，人生第一場運動會上，是不是在接力大賽和賽跑項目中大顯身手了呢？

今天我寫這封信，是想向您介紹**投資說明會**的訊息。

人們都說，將一個小孩培養到大學畢業需要一千萬圓，若是私立學校，則需要兩千萬圓的教育費。我認為您在這個時期，已經**需要準備孩子的教育費這類未來的資金了**。

我們除了基本的**教育基金**外，也提供多種有機會獲得更多利潤的**穩健型投資商品**，並準備了廣受不同家庭青睞的投資方案。若您有在考慮**長期投資**，歡迎多加利用。

為了孩子的將來開始投資，現在就是最佳時機。

P.S.：當天在會場，我這邊也有些專門為您準備的**好康情報**，希望您蒞臨會場後，可以撥打我的手機與我聯繫。期待與您見面，也請跟我說說運動會的事。

邀請函中，不斷重複與「投資說明會」相關的詞彙。

這個例子應該可以看出，寫信者將建議對方為未來準備資金的內容，換成連結對方家庭環境的敘述，用這樣的結構引起對方興趣。

■勝率82%?!利用重複技巧增加說服力

你可能會擔心：「這樣不斷重複同樣意思的話，不會很囉唆嗎？」但社會心理學家威爾森的實驗卻證實了「重複」的效果。威爾森的實驗對象是一場民事訴訟的陪審員，藉此調查「被告是無罪」的證明有多少說服力。

實驗以不曾「重複」過的證明說服力為基準，**重複三次後，說服力提升了46%，重複十次後，說服力提升了82%**。

不過，透過另外一個實驗也顯示，**使用「重複」技巧時有一個絕對不能犯下的致命錯誤**。

那就是，同樣的說詞使用三次以上。

反覆傳達同樣的「概念」和「情感」雖然可以提升說服力，但**若是不斷重複同樣的「詞彙」，對方中途就會膩了**。

只要想想夫妻、上司與下屬或是師生之間的互動，應該很多人就能理解。其中一方聽到：「請你按照這樣這樣的順序去做」後，應聲答應了，之後若再聽到對方重複同樣的話，會變得很不耐煩吧？

文章也會引起同樣的心理變化。

重要的內容要換個說詞重複十次。擁有十種能夠重複表達相同概念或情感的說法或同義詞非常重要。用這樣的技巧表達，在吸引讀者注意力的同時，也能提升文章說服力。

POINT

選擇詞彙表達你想傳遞的「情感」。
你的訊息重複越多次，越能提升說服力。

COLUMN 3

提升文章影響力的表達訓練

創作打動人心的文章時，重點是配合讀者改變用語。

這和個人詞彙量豐富與否無關，而是要意識到讀者的年齡和性別，以不同的表達方式傳遞相同的訊息。

這無法憑藉才能和語感達成，而是透過反覆訓練和實踐習得的能力。

因此，我想推薦各位一種假設「三個世代」，置換寫法的訓練方式。

例如，我們用以下這種設定來寫電子郵件吧。也可以將收件者改為「父母」、「朋友」、「男／女朋友」等不同對象。

Q1：若在職場上，要寫一封電子郵件給五十多歲的主管、三十幾歲的同期和二十幾歲的年輕同事表達謝意，各個世代的人，分別會被怎樣的詞彙打動呢？

Ｑ２：商品試用募集，請針對二十幾歲的女大學生、三十幾歲的上班族女性、四十幾歲的家庭主婦分別寫三篇新聞稿介紹商品特色。

Ｑ３：請分別以二十幾歲的雙薪家庭（沒有小孩）、四十幾歲的育兒家庭、六十幾歲的退休家庭為對象，寫下不同的投資商品介紹信。

如何？寫得還順利嗎？

下面我將舉一個根據世代寫文章的例子，剛才練習覺得不太滿意的人，看了以下的例子後，請再試著挑戰一次看看。

■假設讀者分屬「三個世代」的書寫範例

舉例來說，如果我們想傳達「**學習的美好**」，面對年長者、跟自己同世代以及比自己年輕的人，分別該怎麼寫才能擄獲他們的心呢？

其實，我非常喜歡看專業書籍增長自己的知識，應該算是非常喜歡學習的人吧。如果要告訴年長者這件事的話，我會這麼寫：

「與年長者相比，我的經驗仍然不足，人生經驗的差距，無論如何努力都無法填補。一個人經歷多少時間，就會累積多少體驗和知識，因此，我的經驗絕對比不上各位前輩。

平日裡，我總想盡可能聽到前輩們分享自己的人生經驗，見賢思齊，因此非常珍惜與年長者相處的時光。不過，由於單方面汲取經驗實在不好意思，因此我也持續學習相關的專業知識，希望多少能給予一些回饋。因為專業知識只要拚命學習，也可以在年輕時累積到相當的程度。儘管微不足道，但今後我仍會繼續學習，以回報年長者分享給我的智慧。」

○ 學習＝交換經驗的修練。

用這種方式表達，年長者便能接受。因為「**理解經驗比知識重要**」、「為了讓前輩分享經驗而學習專業知識」這些要素，應該也能滿足前輩的自尊心。

那麼，面對年輕人時又要採取何種說法呢？此時，**請在文章中放入希望、夢想和對未來的展望**。例如，如果對方是高中生時，可以這麼說：

「聽到學習兩個字，大家可能會想到學校課業而覺得很煩吧？就我而言，如果討厭學校課業的話，不用勉強自己念書也無所謂。

雖然大人會說：『至少要大學畢業，才能找到好工作。』但實際上出社會開始工作後，便會明白不完全是如此。

當然，若是努力念書，上好大學，再進入不錯的公司，便可以衣食無虞。然而，長年做著不喜歡的工作，只是為了生活而賺錢，是件很痛苦的事。

你還年輕，擁有許多時間，如果討厭學校課業，不念書也無妨。但相對的，請你找一件自己喜歡的事，一件一天可以投入十幾個小時熱情的事。找到之後，全心全意專注去做，只要你能熱中於一件事，必然可以看見全新的成果。

◯

投入時間探究一件事，也是一種很了不起的學習。」

學習＝夢想。這個觀點可以打動年輕人的心。最後是同世代的人。

「出社會後，我依然沒有中斷學習，人生因此有了巨大的改變。過去，我多以表演者的身分出演電視節目，以這種形式出現在大眾面前，但因為覺得這樣下去不是長久之計，便開始學習商業知識，之後結合心理學，藉此連結上企業經營顧問的工作。

如果你對現狀感到不安或懷疑的話，可以開始嘗試學習。學習能夠改變人生。在我身上，兩年內就看到了變化。」

○

學習＝改變人生的大門。這麼說或許有些誇大，但面對同世代的讀者時，可以透過檢定考試或副業研究等內容，強調**學習將成為改變現狀的契機**。

像這樣，表現「學習的美好」的方法，會隨著讀者的世代大幅改變。之所以產生差異，是因為看出了各個世代分別會為哪些點而感動。

觀察、驗證、改變說法，這就是表達的訓練方式。

那麼，請各位再挑戰一次開頭的問題吧。

技巧5 文章要像對話一樣

還記得「三不寫原則」的第二個原則嗎？

「不寫漂亮的文章」章節中，我向大家建議要「寫出撼動人心的文章！」對吧？

一旦我們企圖寫出漂亮的文章，不只文章情感會變得匱乏，還會產生不必要的執著：希望從第一行就詞藻優美，從開頭就正確無誤。

如此一來，即便動筆，也會因為無法決定第一行而始終沒有進展。

最後越寫越痛苦，變得害怕寫文章。

儘管如此，由於業務往來還是需要寫文章，便開始依賴範本。結果，**變得更不擅長透過文章表達情感，永遠無法打動讀者的心**。

第五個技巧**「文章要像對話一樣」**，就是能擺脫這種惡性循環的訓練。

其實，平常無論在職場、居酒屋還是家裡，我們那些不以為意的對話，都是非常高度的交流。

為什麼會這樣說呢？因為，這些對話除了語言，還包含了表情、肢體動作、語調等許許多多的資訊。

然而，**比起文章，人們卻能更快理解和記住對話中的內容**。這不僅是因為對話中含有對方的表情與動作這些視覺資訊，**更容易留下印象，也是因為對話中有「Q＆A」，因此更容易完整傳達內容**。

關鍵在於，想像自己說完這句話後，對方可能會有什麼反應。我們在對話的過程中，會不斷重複想像各式各樣的情境。

由於我們談話時會帶著察言觀色的風格，在腦海中模擬「我這樣說的話，對方可能會那樣回答……」所以才會對對方的回答和反應留下深刻的印象。

所以寫文章時，也請想像讀者會怎麼回答自己拋出的問題。換句話說，就是**將讀者的疑問和反應帶入文章中**。

這就是「文章要像對話一樣」的訣竅。

看到這裡，應該有人會想：「這種事能輕易辦到嗎？」

請放心，這很簡單。

你平常會和身邊的人對話吧？對話時，應該也是一邊想像對方的反應，一邊持續日常的應答。

若是如此，你已經擁有實行「文章要像對話一樣」這項技巧所需的想像力。

接下來，請試著寫出像在和讀者說話般的文章，例如：

對方：「寫出一篇打動人心的文章感覺好像很難。」

自己：「放心，用這個方法的話，輕輕鬆鬆就能寫出來。」

對方：「是嗎？怎麼做才能輕輕鬆鬆寫出來？」

自己：「首先，寫出對話文章，就像是自己平常和別人在聊天那樣的文章。不用想得太複雜，只要寫一般的談話內容就好，很簡單。」

對方：「然後呢？」

自己：「接著只要將完成的對話內容改寫成一篇文章就可以了。」

對方：「為什麼這樣就能打動人心呢？」

自己：「寫對話內容時，會自然而然將對方的反應放入文章中，這麼一來就會變成一篇站在讀者立場考量的文章，因此更容易打動人心。」

對方：「原來如此！這樣的話，我好像也辦得到呢。」

請試著像這樣一人分飾兩角，寫出相聲台詞般的對話。

再將這些對話改寫成文章。

你或許會覺得寫出一篇打動人心的文章好像很難。

但請放心，只要採取這個方法，任何人都能輕輕鬆鬆寫出動人的文章。

首先，寫出對話文章，**請把自己平常和別人說話的內容直接轉成**

文字。不用想得太複雜，只要將對話原原本本寫下來即可。

接著再將對話內容串連成文章。

像這樣寫出對話內容時，會自然而然將對方的反應放入文章中，文章就會像平常對話一樣，站在讀者的立場考量，因此更容易打動人心。

如何？這個技巧是不是比想像中還簡單呢？

日常生活中的訓練可以有效精進這項技巧。

例如，大家可以試著將熱門連續劇的對話場景寫成文字。只要持續類似的練習，便能一口氣提升「文章要像對話一樣」的能力。

POINT

一人分飾兩角，寫出像對話般的文章。
只要統整這些對話內容，
就能輕輕鬆鬆寫出打動人心的文章，

國家圖書館出版品預行編目資料

操控人心的禁忌文章術 / DaiGo 著 ; 洪于琇 譯 . -- 初版 .
-- 臺北市 : 平安文化有限公司 , 2025. 9 -- (平安叢書 ; 第
863 種)(溝通句典 ; 073)
譯自 : マンガでよくわかる人を操る禁断の文章術

ISBN 978-626-7650-71-4 (平裝)

1.CST: 寫作法

811.1　　114010819

平安叢書第 0863 種
溝通句典 73

操控人心的禁忌文章術

マンガでよくわかる人を操る禁断の文章術

作　　者—DaiGo
譯　　者—洪于琇
發 行 人—平　雲
出版發行—平安文化有限公司
　　　　臺北市敦化北路120巷50號
　　　　電話◎02-27168888
　　　　郵撥帳號◎18420815號
　　　　皇冠出版社(香港)有限公司
　　　　香港銅鑼灣道180號百樂商業中心
　　　　19字樓1903室
　　　　電話◎2529-1778　傳真◎2527-0904
總 編 輯—許婷婷
副總編輯—平　靜
責任主編—蔡承歡
責任編輯—張懿祥
美術設計—單　宇
行銷企劃—鄭雅方
著作完成日期—2024年
初版一刷日期—2025年9月

法律顧問—王惠光律師

讀者服務傳真專線◎02-27150507
電腦編號◎342073
ISBN◎978-626-7650-71-4
Printed in Taiwan
本書特價◎新臺幣299元/港幣100元